교과서에 나오는

한국 단편 소설

2

교과서에 나오는

한국 단편 소설 2

펴 낸 날 · 2014년 8월 20일 1판 1쇄

지 은 이 · 채만식 외
그 린 이 · 이화연
펴 낸 이 · 강유균
디 자 인 · 차정아

임프린트 · 도서출판 강이
펴 낸 곳 · 리드리드출판(주)
출판등록 · 1978년 5월 15일(제 13-19호)
주 소 · 서울 마포구 큰우물로 76(고려빌딩 210호)
전 화 · (02) 719-1424
팩 스 · (02) 719-1404
이 메 일 · gangibook@naver.com

ISBN 978-89-7277-306-1 04810
ISBN 978-89-7277-304-7 (세트)

이 도서의 국립중앙도서관 출판예정도서목록(CIP)은 서지정보유통지원시스템 홈페이지(http://seoji.nl.go.kr)와 국가자료공동목록시스템(http://www.nl.go.kr/kolisnet)에서 이용하실 수 있습니다.(CIP제어번호: CIP2014020039)

교과서에 나오는 

한국 단편 소설

2

채만식 · 이효석 · 이상 · 김유정 지음 이화연 그림

강이

일러두기

1. 작품은 전문을 수록하였다.
2. 표기는 현행 표준어와 맞춤법이 다른 것은 바로잡되, 최대한 원문을 살리는 것을 원칙으로 했다.
3. 띄어쓰기는 현행 한글 맞춤법에 따랐다.
4. 수록 작품은 연대순으로 엮었다.

:차례

:채만식

(蔡萬植 : 1902~1950)

● 전북 옥구 출생. 1924년 단편 「세 길로」로 문단에 데뷔하였다.

● 당시 한국 지식인들의 운명과 그 곤경을 제재로 삼으면서 풍자성이 매우 강하게 나타나는 작품을 발표하여 작가적 기반을 굳혔다. 주요 작품으로는 「레디메이드 인생」 『탁류』 『태평천하』 「치숙」 등이 있다.

치숙 痴叔

우리 아저씨 말이지요? 아따 저 거시키, 한참 당년에 무엇이냐 그놈의 것, 사회주의라더냐, 막덕이라더냐, 그걸 하다 징역 살고 나와서 폐병으로 시방 앓고 누웠는 우리 오촌 고모부 그 양반…….

뭐, 말도 마시오. 대체 사람이 어쩌면, 글쎄…… 내 원!

신세 간데 없지요.

자, 십 년 적공, 대학교까지 공부한 것 풀어 먹지도 못했지요, 좋은 청춘 어영부영 다 보냈지요, 신분에는 전과자라는 붉은 도장 찍혔지요, 몸에는 몹쓸 병까지 들었지요. 이 신세를 해가지굴랑은 굴속 같은 오두막집 단칸 셋방 구석에서 사시장철 밤이나 낮이나 눈 따악 감고 드러누웠군요.

재산이 어디 집 터전인들 있을 턱이 있나요. 서발 막대 내저어야 짚 검불 하나 걸리는 것 없는 철빈鐵貧인데.

우리 아주머니가, 그래도 그 아주머니가, 어질고 얌전해서 그 알량한 남편 양반 받드느라 삯바느질이야, 남의 집 품빨래야, 화장품 장사야, 그 칙살스런 벌이를 해다가 겨우겨우 목구멍에 풀칠을 하지요.

어디루 대나 그 양반은 죽는 게 두루 좋은 일인데 죽지도 아니해요.

우리 아주머니가 불쌍해요. 아, 진작 한 나이라도 젊어서 팔자를 고치는 게 아니라 무슨 놈의 우난 후분을 바라고 있다가 끝끝내 고생을 하는지.

근 이십 년 소박을 당했지요.

이십 년을 설운 청춘 한숨으로 보내고서 다 늦게야 송장 여대치게 생긴 그 양반을 그래도 남편이라고 모셔다가는 병 수발 들랴, 먹고 살랴, 애자진하고 다니는 걸 보면 참말 가엾어요.

그게 무슨 죄다짐이람? 팔자, 팔자 하지만 왜 팔자를 고치지를 못하고서 그래요. 우리 죄선朝鮮 구식 부인네들은 다 문명을 못하고 깨지를 못해서 그러지.

그 양반이 한시바삐 죽기나 했으면 우리 아주머니는 차라리 신세 편하리다.

심덕 좋겠다 솜씨 얌전하겠다 하니, 어디 가선들 자기 일신

몸 가누고 편안히 못 지내요?

가만있자, 열여섯 살에 아저씨네 집으로 시집을 갔다니깐 그게 내가 세 살 적이니 꼬박 열여덟 해로군. 열여덟 해면 이십 년 아니오.

그때 우리 아저씨 양반은 나이 어리기도 했지만, 공부를 한답시고 서울로 동경으로 십여 년이나 돌아다녔고 조금 자라서 색시 재미를 알 만하니까는 누가 예쁘달까 봐 이혼하자고 아주머니를 친정으로 쫓고는 통히 불고를 하고…….

공부를 다 마치고 오더니만 그 담에는 그놈의 짓에 들입다 발광해 다니면서 명색 학생 출신이라는 딴 여편네를 얻어 살았지요. 그 여편네는 나도 몇 번 보았지만 쌍판대기라고 별반 출수도 없이 생겼습디다. 그 인물로 남의 첩이야? 일색 소박은 있어도 박색 소박은 없다더니, 사실 소박맞은 우리 아주머니가 그 여편네게다 대면 월등 예뻤다우.

그래 그 뒤에, 그 양반은 필경 붙들려가서 오 년이나 전중이를 살았지요. 그 동안에 아주머니는 시집이고 친정이고 모두 폭 망해서 의지가지 없이 됐지요.

그러니 어떻게 해요? 자칫하면 굶어 죽을 판인데.

할 수 없이 얻어먹고 살기도 해야 하려니와, 또 아저씨 나오는 것도 기다려야 한다고 나를 반연 삼아 서울로 올라왔더군요. 그게 그러니까 아저씨가 나오던 그 전해로군.

그때 내가 나이는 어려도 두루 날뛴 보람이 있어서 이내 구라다상네 식모로 들어갔지요.

그 무렵에 참 내가 아주머니더러 여러 번 권면을 했지요. 그러지 말고 개가改嫁를 가라고. 글쎄 어린 소견에도 보기에 퍽 딱하고 민망합디다.

계제에 마침 또 좋은 자리가 있었고요. 미네상이라고 미쓰꼬시 안에서 바나나 다다끼우리〔投賣〕를 하는 인데 사람이 퍽 좋아요.

우리 집 다이쇼[主人]도 잘 알고 하는데, 그이가 늘 날더러 죄선 오깜상하구 살았으면 좋겠다고, 중매 서 달라고 그래쌓어요.

돈은 모아둔 게 없어도 다 벌어먹고 살 만하니까 그런 사람 만나서 살면 아주머니도 신세 편할 게 아니라구요?

그런 걸 글쎄 몇 번 말해도 숭헌 소리 말라고 듣질 않는 걸 어떡하나요.

아무튼 그런 것말고라도 참, 흰말이 아니라 이날 이때까지 내가 그 아주머니 뒤도 많이 보아주었다우. 또 나도 그럴 만한 은공이 없잖아 있구요.

내가 일곱 살에 부모를 잃었지요. 그러고 나서 의탁할 곳이 없이 됐는데 그때 마침 소박을 맞고 친정살이를 하는 그 아주머니가 나를 데려다가 길러주었지요.

그때만 해도 그 집이 그다지 군색하게 지내진 않았으니깐요. 아주머니도 아주머니지만 증조할머니며 할아버지도 슬하에 딴 자손이 없어서 나를 퍽 귀애하겠지요.

열두 살까지 그 집에서 자랐군요.

사 년이나마 보통학교도 다녔고.

아마 모르면 몰라도 그 집안이 그렇게 치패致敗하지만 안 했으면 나도 그냥 붙어 있어서 시방쯤은 전문학교까지는 다녔으리다.

이런 은공이 있으니까 나도 그걸 저버리지 않고 그래서 내 깜냥에는 갚을 만치 갚노라고 갚은 셈이지요.

허기야 요새도 간혹 아주머니가 찾아와서 양식 없다는 사정을 더러 하곤 하는데 실토정 말이지 좀 성가시기는 해요.

그러는 족족 그 수응을 하자면 내 일을 못하겠는걸. 그래 대개 잘라 떼기는 하지요.

그렇지만 그 밖에, 가령 양 명절 때면 고깃근이라도 사 보낸다든지, 또 오면가면 들러 이야기 낱이라도 한다든지 그런 건 결단코 범연히 하진 않으니까요.

아무튼 그래서 아주머니는 꼬박 일 년 동안 구라다상네 집 오마니로 있으면서 월급 오 원씩 받는 걸 그래도 고스란히 저금을 하고, 또 틈틈이 삯바느질을 맡아다가 조금씩 벌어 보태고 또 나올 무렵에 구라다상네 양주가 퍽 기특하다고 돈 칠 원을 상급賞給으로 주고 그런 게 이럭저럭 돈 백 원이나 존존히 됐지요.

그 돈으로 방 한 칸 얻고 살림 나부랭이도 조금 장만하고 그래 놓고서 마침 그 알량꼴량한 서방님이 놓여 나오니까 그리로 모셔들였지요.

놓여 나오는 날 나도 가서 보았지만 가막소 문 앞에 막 나서자 아주머니가 기다리고 있으니까 그래도 눈물이 핑 돌던데요.

전에 그렇게도 죽을 동 살 동 모르고 좋아하던 첩년은 꼴도 안 뵈구요. 남의 첩년이란 건 다 그런 거지요 뭐.

우리 아저씨 양반은 혹시 그 여편네가 오지 않았나 하고 사방을 휘휘 둘러보던데요. 속이 그렇게 없다니까. 여편네는커녕 아주머니하고 나하고 그 외는 어리친 개새끼 한 마리 없더라.

그래 막 자동차에 올라타려다가 피를 토했지요. 나중에 들었지만 가막소 안에서 달포 전부터 토혈을 했다나 봐요.

그래 다 죽어가는 반송장을 업어오다시피 해다가 뉘어놓고, 그날부터 아주머니는 불철주야로 할 짓 못할 짓 다 해가면서 부스대고 날뛴 덕에 병도 차차로 차도가 있고 그러더니 인제는 완구히 살아는 났지요. 뭐 참 시방은 용 꼴인걸요, 용 꼴.

부인네 정성이 무서운 겝디다.

꼬박 삼 년이군. 나 같으면 돌아가신 부

모가 살아 오신대도 그 짓 못해요.

자, 그러니 말이지요. 우리 아저씨라는 양반이 작히나 양심이 있고 다 그럴 양이면, 어허 내가 어서 바삐 몸이 충실해져서 어서 바삐 돈을 벌어다가 저 아내를 편안히 거느리고 이 은공과 전날의 죄를 갚아야 하겠구나…… 이런 맘을 먹어야 할 게 아니라구요?

아주머니의 은공을 갚자면 발에 흙이 묻을세라 업고 다녀도 참 못다 갚지요.

그러고저러고 간에 자기도 인제는 속 차려야지요. 하기야 속을 차려서 무얼 하재도 전과자니까 관리나 또 회사 같은 데는 들어가지 못하겠지만 그야 자기가 저지른 일인 걸 누구를 원망할 일도 아니고, 그러니 막 벗어부치고 노동이라도 해야지요.

대학교 출신이 막벌이 노동이란 게 꼴 가관이지만 그래도 할 수 없지, 뭐.

그런 걸 보고 가만히 나를 생각하면, 만약 우리 증조할아버지네 집안이 그렇게 치패를 안 해서 나도 전문학교를 졸업을 했으면 혹시 우리 아저씨 모양이 됐을지도 모를 테니 차라리 공부 많이 않고서 이 길로 들어선 게 다행이다…… 이런 생각이 들어요.

사실 우리 아저씨 양반은 대학교까지 졸업하고도 인제는 기껏 해먹을 거란 막벌이 노동밖에 없는데, 보통학교 사 년 겨우

다니고서도 시방 앞길이 환히 트인 내게다 대면 고쓰까이(小使)만도 못하지요.

아, 그런데 글쎄 막벌이 노동을 하고 어쩌고 하기는커녕 조금 바시시 살아날 만하니까 이 주책꾸러기 양반이 무슨 맘보를 먹는고 하니, 내 참 기가 막혀!

아니, 그놈의 것하고는 무슨 대천지원수가 졌단 말인지, 어쨌다고 그걸 끝끝내 하지 못해서 그 발광인고?

그러나마 그게 밥이 생기는 노릇이란 말인지? 명예를 얻는 노릇이란 말인지? 필경은 붙잡혀가서 징역 사는 놀음?

아마 그놈의 것이 아편하구 꼭 같은가 봐요. 그렇길래 한 번 맛을 들이면 끊지를 못하지요.

그렇지만 실상 알고 보면 그게 그다지 재미가 난다거나 맛이 있다거나 그런 것도 아니더군 그래요. 부랑당패던데요. 하릴없이 부랑당팹디다.

저, 서양 어디선가, 일하기 싫어하는 게으름뱅이 몇 놈이 양지짝에 모여 앉아서 놀고 먹을 궁리를 했더라나요. 우리 집 다이쇼가 다 자상하게 이야기를 해줍디다.

게, 그 녀석들이 서로 구누를 하기를, 자, 이 세상에는 부자가 있고 가난한 사람이 있고 하니 그건 도무지 공평한 일이 아니다. 사람이란 건 이목구비하며 사지 육신을 꼭같이 타고났는데 누구는 부자로 잘살고 누구는 가난하다니 그게 될 말이냐.

그러니 부자가 가진 것을 우리 가난한 사람들하고 다같이 고르게 나눠 먹어야 경우가 옳다.

야, 그거 옳은 말이다. 야, 그 말 좋다. 자, 나눠 먹자.

아, 이렇게 설도를 해 가지고 우 하니 들고일어났다는군요.

아니, 그러니 그게 생 날부랑당 놈의 짓이 아니고 무어요?

사람이란 것은 제가끔 분지복이 있어서 기수氣數를 잘 타고나든지 부지런하면 부자가 되는 법이요, 복록을 못 타고나든지 게으른 놈은 가난하게 사는 법이요, 다 이렇게 마련인데 그거야말로 공평한 천리인 것을, 됩다 불공평하다니 될 말이오? 그러고서 억지로 남의 것을 뺏어 먹자고 들다니 그놈들이 부랑당이지 무어요.

짓이 부랑당 짓일 뿐 아니라, 또 만약에 그러기로 들면 게으른 놈은 점점 더 게으름만 부리고 쫓아다니면서 부자 사람네가 가진 것만 뺏어 먹을 테니 이 세상은 통으로 도적놈의 판이 될 게 아니오? 그나마, 부자 사람네가 모아둔 걸 다 뺏기고 더는 못 먹여내는 날이면 그때는 이 세상 망하는 날이 아니오?

저마다 남이 농사지어 놓으면 그걸 뺏어 먹으려고 일 않고 번둥번둥 놀 것이고 남이 옷감 짜놓으면 그걸 뺏어다가 입으려고 번둥번둥 놀 것이고 그럴 테니 대체 곡식이며 옷감이며 그런 것이 다 어디서 나올 데가 있어야지요. 세상 망할 밖에!

글쎄 그놈의 짓이 그렇게 세상 망쳐놀 장본인인 줄은 모르고서 가난한 놈들, 그중에도 일하기 싫은 게으름뱅이들이 위선 당장 부자 사람네 것을 뺏어 먹는다니까 거기 혹해 가지굴랑 너도 나도 와 하니 참섭을 했다는구료.

바루 저 '아라사' 가 그랬대요.

그래서 아니나다를까 농군들이 곡식을 안 만들기 때문에 사람이 수만 명씩 굶어 죽는다는구려. 빤한 이치지 뭐.

위선 먹기는 곶감이 달다고 그 지랄들을 했다가 잘코사니야!

아 그런데 그 못된 놈의 풍습이 삽시간에 동서양 각국 안 간 데 없이 퍼져 가지굴랑 한동안 내지에도 마구 굉장히 드세게 돌아다녔고 내지가 그러니까 멋도 모르는 죄선 영감상들도 덩달아서 그 숭내를 냈다나요. 그렇지만 시방은 그새 나라에서 엄하게 밝히고 금하고 한 덕에 많이 너끔해졌고 그런 마음 먹는 사람은 별반 없다나 봐요.

그럴 게지 글쎄. 아, 해서 좋을 양이면야 나라에선들 왜 금하며 무슨 원수가 졌다고 붙잡아다가 징역을 살리나요.

좋고 유익한 것이면 나라에서 도리어 장려하고, 잘할라치면 상급도 주고 그러잖아요.

활동 사진이며 스모며 만자이며 또 왓쇼 왓쇼랄지 세이레이 낭아시랄지 라디오 체조랄지 이런 건 다 유익한 일이니까 나라에서 설도도 하고 그러잖아요.

나라라는 게 무언데? 그런 걸 다 잘 분간해서 이럴 건 이러고 저럴 건 저러라고 지시하고, 그 덕에 백성들은 제각기 제 분수대로 편안히 살도록 애써주는 게 나라 아니오?

그놈의 것 사회주의만 하더라도 나라에서 금하질 않고 저희가 하는 대로 둬두었어 보아? 시방쯤 세상이 무엇이 됐을지…….

다른 사람들도 낭패본 사람이 많았겠지만, 위선 나만 하더라도 글쎄 어쩔 뻔했어! 아무 일도 다 틀리고 뒤죽박죽이지.

내 이상과 계획은 이렇거든요.

우리 집 다이쇼가 나를 자별히 귀애하고 신용을 하니깐 인제 한 십 년만 더 있으면 한밑천 들여서 따로 장사를 시켜줄 그런 눈치거든요.

그러거들랑 그것을 언덕 삼아 가지고 나는 삼십 년 동안 예순 살 환갑까지만 장사를 해서 꼭 십만 원을 모을 작정이지요. 십만 원이면 죄선 부자로 쳐도 천석꾼이니 머, 떵떵거리고 살 게 아니라구요?

그리고 우리 다이쇼도 한 말이 있고 하니까 나는 내지인 규수한테로 장가를 들래요. 다이쇼가 다 알아서 얌전한 자리를 골라 중매까지 서준다고 그랬어요.

내지 여자가 참 좋지요.

나는 죄선 여자는 거저 주어도 싫어요.

구식 여자는 얌전은 해도 무식해서 내지인하고 교제하는 데 안됐고, 신식 여자는 식자나 들었다는 게 건방져서 못쓰고, 도무지 그래서 죄선 여자는 신식이고 구식이고 다아 제바리여요.

내지 여자가 참 좋지 뭐. 인물이 개개 일자로 예쁘겠다, 얌전하겠다, 상냥하겠다, 지식이 있어도 건방지지 않겠다, 좀이나 좋아!

그리고 내지 여자한테 장가만 드는 게 아니라 성명도 내지인 성명으로 갈고, 집도 내지인 집에서 살고, 옷도 내지 옷을 입고 밥도 내지식으로 먹고 아이들도 내지인 이름을 지어서 내지인 학교에 보내고…….

내지인 학교라야지 죄선 학교는 너절해서 아이들 버려놓기나 꼭 알맞지요.

그리고 나도 죄선말은 싹 걷어치우고 국어만 쓰고요.

이렇게 다 생활 법식부터도 내지인처럼 해야만 돈도 내지인처럼 잘 모으게 되거든요.

내 이상이며 계획은 이래서, 그 십만 원짜리 큰 부자가 바로 내다뵈고 그리로 난 길이 환하게 트이고 해서 나는 시방 열심으로 길을 가고 있는데, 글쎄 그 미쳐 살미 든 놈들이 세상 망쳐버릴 사회주의를 하려 드니, 내가 소름이 끼칠 게 아니라구요? 말만 들어도 끔찍하지!

세상이 망해서 뒤집히면 그래 나는 어쩌란 말인구? 아무것도 다 허사가 될 테니 그런 억울할 데가 있더람?

머 참 우리 집 다이쇼 말이 일일이 지당해요.

여느 절도나 강도나 사기나 그런 죄는 도적이면 도적을 해가는 그 당장, 그 돈만 축을 내니까 오히려 죄가 가볍지만, 그놈의 것 사회주의인지 지랄인지는 온 세상을 뒤죽박죽을 만들어놓고 나라를 통째로 소란하게 하니까 도저히 용서할 수가 없대요.

용서라니! 나 같으면 그런 놈들은 모조리 쓸어다가 마구 그저 그냥…….

그런 일을 생각하면 털어놓고 말이지 우리 아저씬가 그 양반도 여간 불측스러 뵈질 안 해요. 사실 아주머니만 아니면 내가 무슨 천주학이라고, 나쁜 병까지 앓는 그 양반을 찾아다니나요. 죽는대도 코도 안 풀어 붙일걸.

그러나마 전자의 죄상을 다 회개를 하고 못된 마음을 씻어버렸을 새 말이지, 머 흰 개 꼬리 삼 년이라더냐, 종시 그 모양일걸요.

그러니깐 그게 밉살머리스러워서, 더러 들렀다가 혹시 마주 앉아도 위정 뼈끝 저린 소리나 내쏘아주고 말을 따잡아 가지굴랑 꼼짝 못하게시리 몰아세주곤 하지요.

저번에도 한 번 혼을 단단히 내주었지요. 아, 그랬더니 아주머니더러 한다는 소리가, 그 녀석 사람 버렸더라고, 아무짝에도 못쓰게 길이 들었더라고 그러더라나요.

내 원, 그 소리 듣고 하도 어처구니가 없어서!

대체 사람도 유만부동이지 그 아저씨가 나더러 사람 버렸느니 아무짝에도 못쓰게 길이 들었느니 하더라니, 원 입이 몇 개나 되면 그런 소리가 나오는 구멍도 있누?

죄선 벙어리가 다 말을 해도 나 같으면 할말 없겠더구먼서도, 하면 다 말인 줄 아나 봐?

이를테면 그게 명색 훈계 비슷한 거렷다? 내게다가 맞대놓고 그런 소리를 하다가는 되잡혀서 혼이 날 테니까 슬며시 아주머니더러 이르란 요량이든 게지?

기가 막혀서…… 하느님이 사람의 콧구멍 두 개로 마련하기 참 다행이야.

글쎄 아무려면 내가 자기처럼 다 공부는 못하고 남의 집 고소[小僧] 노릇으로 반또[番頭] 노릇으로, 이렇게 굴러먹을 값이, 이래 보여도 표창을 두 번이나 받은 모범 점원이요, 남들이 똑똑하고 재주 있고 얌전하다고 칭찬이 놀랍고 앞길이 환히 트인 유망한 청년인데 그래 자기 눈에는 내가 버린 놈이고 아무짝에도 못쓰게 길이 든 놈으로 보였단 말이지?

하하, 오옳지! 거 참 그렇겠군. 자기는 자기 하는 짓이 옳으니까 남이 하는 짓은 다 글렀단 말이렷다?

그러니까 나도 자기처럼 그놈의 것 사회주읜지 급살 맞을 것인지나 하다가 징역이나 살고 전과자나 되고 폐병이나 앓고 다 그랬더라면 사람 버리지도 않고 아무짝에도 못쓰게 길든 놈도 아니고 그럴 뻔했군 그래!

흥! 참…….

제 밑 구린 줄 모르고서 남더러 어쩌구저쩌구 한다는 게 꼭 우리 아저씨 그 양반을 두고 이른 말인가 봐.

그날도 실상 이랬더라우. 혼을 내주었더니 아주머니더러 그런 소리를 하더란 그날 말이오.

그날이 마침 내가 쉬는 날이길래 아주머니더러 할 이야기도 있고 해서 아침결에 좀 들렀더니 아주머니는 남의 혼인집으로 바느질을 해주러 갔다고 없고, 아저씨 양반만 여전히 아랫목에 가서 드러누웠어요.

그런데 보니깐 어디서 모두 뒤져냈는지, 머리맡에다가 헌 언문 잡지를 수북이 쌓아놓고는 그걸 뒤져요.

그래 나도 심심 삼아 한 권 집어 들고 떠들어보았더니, 머 읽을 맛이 나야지요.

대체 죄선 사람들은 잡지 하나를 해도 어찌 모두 그 꼬락서니로 해놓는지.

사진도 없지요, 망가도 없지요.

그러고는 맨판 까탈스런 한문 글자로다가 처박아놓으니 그걸 누구더러 보란 말인고?

더구나 우리 같은 놈은 언문도 그런대로 뜯어보기는 보아도

읽기에 여간만 페롭지가 않아요.

그러니 어려운 언문하고 까다로운 한문하고를 섞어서 쓴 글은 뜻을 몰라 못 보지요. 언문으로만 쓴 것은 소설 나부랭인데 읽기가 힘이 들 뿐 아니라 또 죄선 사람이 쓴 소설이란 건 재미가 있어야죠. 나는 죄선 신문이나 죄선 잡지하고는 담쌓고 남된 지 오랜걸요.

잡지야 머 《낑구》나 《쇼넹구라부》 덮어 먹을 잡지가 있나요. 참 좋아요.

한문 글자마다 가나를 달아놓았으니 어떤 대문을 척 펴 들어도 술술 내리읽고 뜻을 횡하니 알 수가 있지요.

그리고 어떤 대문을 읽어도 유익한 교훈이나 재미나는 소설이지요.

소설 참 재미있어요. 그중에도 기꾸지깡[菊池寬] 소설…… 어쩌면 그렇게도 아기자기하고도 달콤하고도 재미가 있는지. 그리고 요시가와 에이지[吉川英治], 그의 소설은 진찐바라바라하는 지다이모노[時代物]인데 마구 어깻바람이 나구요.

소설이 모두 그렇게 재미가 있지요, 망가가 많지요, 사진이 많지요. 그러고도 값은 좀 헐하나요. 십오 전이면 바로 그 전달치를 사볼 수 있고 보고 나서는 오 전에 도로 파는데요.

잡지도 기왕 하려거든 그렇게나 해야지 죄선 사람들은 제엔장 큰소리는 곧잘 하더구면서도 잡지 하나 반반한 거 못 만들어내니!

그날도 글쎄 잡지가 그 꼴이라 아예 글을 볼 멋도 없고 해서 혹시 망가나 사진이라도 있을까 하고 책장을 후르르 넘기노라니깐 마침 아저씨 이름이 있겠나요! 하도 신통해서 쓰윽 펴 들고 보았더니 제목이 첫 줄은 경제, 사회…… 무엇 어쩌구 잔주를 달아놨겠지요.

그것만 보아도 벌써 그럴듯해요. 경제는 아저씨가 대학교에서 경제를 배웠다니까 경제 속은 잘 알 것이고 또 사회는, 그것 역시 사회주의를 했으니까, 그 속도 잘 알 것이고, 그러니까 경제하고 사회주의하고 어떻게 서로 관계가 되는 것이며 어느 편이 옳다는 것이며 그런 소리를 썼을 게 분명해요.

머, 보나 안 보나 빤하지요. 대학교까지 가설랑 경제를 배우고도 돈 모을 생각은 않고서 사회주의만 하고 다닌 양반이라 경제가 그르고 사회주의가 옳다고 우겨댔을 거니까요.

아무렇든 아저씨가 쓴 글이라는 게 신기해서 좀 보아볼 양으로 쓰윽 훑어봤지요. 그러나 웬걸 읽어먹을 재주가 있나요.

글자는 아주 어려운 자만 아니면 대강 알기는 알겠는데, 붙여보아야 대체 무슨 뜻인지를 알 수가 있어야지요.

속이 상하길래 읽어보자던 건 작파하고서 아저씨를 좀 따잡고 몰아셀 양으로 그 대목을 착 펴놨지요.

"아저씨?"

"왜 그러니?"

"아저씨가 여기다가 경제 무어라구 쓰구, 또 사회 무어라구 썼는데, 그러면 그게 경제를 하란 뜻이오, 사회주의를 하라는 뜻이오?"

"뭐?"

못 알아듣고 뚜렛뚜렛해요. 자기가 쓰고도 오래돼서 다 잊어버렸거나 혹시 내가 말을 너무 까다롭게 내기 때문에 섬뻑 대답이 안 나왔거나 그랬겠지요. 그래, 다시 조곤조곤 따졌지요.

"아저씨…… 경제란 것은 돈 모아서 부자 되라는 거 아니오? 그런데 사회주의란 것은 모아둔 부자 사람의 돈을 뺏어 쓰는 거 아니오?"

"이애가 시방!"

"아니, 들어보세요."

"너, 그런 경제학, 그런 사회주의 어디서 배웠니?"

"배우나마나, 경제란 건 돈 많이 벌어서 애껴 쓰구, 나머지 모아두는 게 경제 아니오?"

"그건 보통, 경제한다는 뜻으로 쓰는 경제고, 경제학이니 경제적이니 하는 건 또 다르다."

"다를 게 무어요? 경제는 돈 모으는 것이고, 그러니까 경제학이면 돈 모으는 학문이지요."

"아니란다. 혹시 이재학理財學이라면 돈 모으는 학문이라고 해도 근리近理할지 모르지만 경제학은 그런 게 아니란다."

"아니, 그렇다면 아저씨 대학교 잘못 다녔소. 경제 못하는 경제학 공부를 오 년이나 했으니 그게 무어란 말이오? 아저씨가 대학교까지 다니면서 경제 공부를 하구두 왜 돈을 못 모으나 했더니 인제 보니깐 공부를 잘못해서 그랬군요!"

"공부를 잘못했다? 허허. 그랬을는지도 모르겠다. 옳다, 네 말이 옳아!"

이거 봐요 글쎄. 담박 꼼짝 못하잖나. 암만 대학교를 다니고, 속에는 육조를 배포했어도 그렇다니깐 글쎄…….

"아저씨?"

"왜 그러니?"

"그러면 아저씨는 대학교를 다니면서 돈 모아 부자 되는 경제 공부를 한 게 아니라 모아둔 부자 사람네 돈 뺏어 쓰는 사회주의 공부를 했으니 말이지요……."

"너는 사회주의가 무얼루 알구서 그러니?"

"내가 그까짓 걸 몰라요?"

한바탕 죽 설명을 했지요.

내 얼굴만 물끄러미 올려다보고 누웠더니 피쓱 한 번 웃어요. 그러고는 그 양반이 하는 소리겠다요.

"그게 사회주의냐? 부랑당이지."

"아니, 그럼 아저씨두 사회주의가 부랑당인 줄은 아시는구려?"

"내가 어째 사회주의가 부랑당이랬니?"

"방금 그리잖았어요?"

"글쎄, 그건 사회주의가 아니라 부랑당이란 그 말이다."

"거 보시우! 사회주의란 것은 그렇게 날부랑당이어요. 아저씨두 그렇다구 하면서 아니래시요?"

"이애가 시방 입심 겨룸을 하재나!"

이거 봐요. 또 꼼짝 못하지요? 다아 이래요 글쎄…….

"아저씨?"

"왜 그러니?"

"아저씨두 맘 달리 잡수시요."

"건 어떻게 하는 말이냐?"

"걱정 안 되시우?"

"날 같은 사람이 걱정이 무슨 걱정이냐? 나는 네가 걱정이더라."

"나는 뭐 버젓하게 요량이 있는걸요."

"어떻게?"

"이만저만한가요!"

또 한바탕 죽 설명을 했지요. 이야기를 다 듣더니 그 양반 한

다는 소리 좀 보아요.

"너두 딱한 사람이다!"

"왜요?"

"……."

"아니, 어째서 딱하다구 그러시우?"

"……."

"네? 아저씨."

"……."

"아저씨?"

"왜 그래?"

"내가 딱하다구 그러셨지요?"

"아니다. 나 혼자 한 말이다."

"그래두……."

"이애!"

"네?"

"사람이란 것은 누구를 물론허구 말이다, 아첨하는 것같이 더러운 게 없느니라."

"아첨이요?"

"저 위로는 제왕, 밑으로는 걸인, 그 모든 사람이 위선 시방이 제도의 이 세상에서 말이다, 제가끔 제 분수대루 살아가는데 있어서 말이다, 제 개성을 속여가면서꺼정 생활에다가 아첨

하는 것같이 더러운 것이 없고, 그런 사람같이 가련한 사람은 없느니라. 사람이란 건 밥 두 그릇이 하필 밥 한 그릇보다 더 배가 부른 건 아니니까.”

“그건 무슨 뜻인데요?”

“네가 일본인 여자와 결혼을 해서 성명까지 갈고 모든 생활 법도를 일본화하겠다는 것이 말이다.”

“네, 그게 좋잖아요?”

“그것이 말이다. 진실로 깊은 교양이나 어진 지혜의 판단에서 우러나온 것이라면 그도 모를 노릇이겠지. 그렇지만 나는 보매, 네가 그런다는 것은 다른 뜻으로 그러는 것 같다.”

“다른 뜻이라니요?”

“네 주인의 비위를 맞추고, 이웃의 비위를 맞추고 하자고…….”

“그야 물론이지요! 다이쇼의 신용을 받아야 하고, 이웃 내지인들하구두 좋게 지내야지요. 그래야 할 게 아니겠어요?”

“…….”

“아저씨는 아직두 세상 물정을 모르시요. 나이는 나보담 많구 대학교 공부까지 했어도 일찌감치 고생살이를 한 나만큼 세상 물정은 모릅니다. 시방이 어느 세상인데 그러시우?”

“이애!”

“네?”

"네가 방금 세상 물정이랬지?"

"네."

"앞길이 환하니 트였다구 그랬지?"

"네."

"환갑까지 십만 원 모은다구 그랬지?"

"네."

"네가 말하려는 세상 물정하구 내가 말하려는 세상 물정하구 내용이 다르기도 하지만 세상 물정이란 건 그야말로 그리 만만한 게 아니다."

"네?"

"사람이란 건 제아무리 날구 뛰어도 이 세상에 형적 없이 그러나 세차게 주욱 흘러가는 힘, 그게 말하자면 세상 물정이겠는데, 결국 그것의 지배하에서 그것을 따라가지, 별수가 없는 거다."

"네?"

"쉽게 말하면 계획이나 기회를 아무리 억지루 만들어놓아도 결과가 뜻대루는 안 된단 말이다."

"젠장, 아저씨두…… 요전《낑구》라는 잡지에두 보니까 나폴레옹이라는 서양 영웅이 그랬답디다. 기회는 제가 만든다구, 그리고 불가능이란 말은 바보의 사전에서나 찾을 글자라구요. 아 자꾸자꾸 계획하구 기회를 만들구 해서 분투 노력해 나가면

이 세상일 안 되는 일이 어디 있나요? 한 번 실패하거든 갑절 용기를 내 가지구 다시 일어서지요. 칠전팔기 모르시요?"

"나폴레옹도 세상 물정에 순응할 때는 성공했어도 그것에 거슬리다가 실패를 했더란다. 너는 칠전팔기해서 성공한 몇 사람만 보았지, 여덟 번 일어섰다가 아홉 번째 가서 영영 쓰러지구는 다시 일지 못한 숱한 사람이 있는 건 모르는구나?"

"그래두 두구 보시우. 나는 천하 없어두 성공하구 말 테니…… 아저씨는 그래서 더구나 못써요. 일해 보기두 전에 안 될 줄로 낙심 먼저 하구……."

"하늘은 꼭 올라가 보구래야만 높은 줄 아니?"

원 마지막 가서는 할 소리가 없으니 동에도 닿지 않는 비유를 가져다 둘러대는 걸 보아. 그게 어디 당한 말인구? 안 올라가 보면 뭐 하늘 높은 줄 모를 천하 멍텅구리도 있을까?

그만해 두려다가 심심하길래 또 말을 시켰지요.

"아저씨?"

"왜 그래?"

"아저씨는 인제 몸 다아 충실해지면 어떡허실려우?"

"무얼?"

"장차……."

"장차?"

"어떡허실 작정이세요?"

"작정이 새삼스럽게 무슨 작정이냐?"

"그럼 아저씨는 아무 작정 없이 살아가시우?"

"없기는?"

"있어요?"

"있잖구?"

"무언데요?"

"그새 지내오던 대루……."

"그러면 저 거시키, 무엇이냐 도루 또 그걸……?"

"그렇겠지."

"아저씨?"

"……."

"아저씨?"

"왜 그래?"

"인젠 그만두시우."

"그만두라구?"

"네."

"누가 심심소일루 그리는 줄 아느냐?"

"그렇잖구요?"

"……."

"아저씨?"

"……."

"아저씨?"

"왜 그래?"

"아저씨 올에 몇이지요?"

"서른셋."

"그러니 인제는 그만큼 해두고 맘 잡아서 집안일 할 나이두 아니오?"

"집안일은 해서 무얼 하나?"

"그렇기루 들면 그 짓은 해서 또 무얼 하나요?"

"무얼 하려구 하는 게 아니란다."

"그럼, 아무 희망이나 목적이 없으면서 그래요?"

"목적? 희망?"

"네."

"개인의 목적이나 희망은 문제가 다르니까…… 문제가 안 되니까……."

"원, 그런 법도 있나요?"

"법?"

"그럼요!"

"법이라……!"

"아저씨?"

"……."

"아저씨?"

"왜 그래?"

"아주머니가 고맙잖습디까?"

"고맙지."

"불쌍하지요?"

"불쌍? 그렇지, 불쌍하다면 불쌍한 사람이지!"

"그런 줄은 아시느만?"

"알지."

"알면서 그러시우?"

"고생을 낙으로, 그놈 쓰라린 맛을 씹고 씹고 하면서 그것에서 단맛을 알아내는 사람도 있느니라. 사람도 있는 게 아니라, 사람마다 무슨 일에고 진정과 정신을 꼬박 거기다가만 쓰면 그렇게 되는 법이니라. 그러니까 그쯤 되면 그때는 고생이 낙이지. 너희 아주머니만 두고 보더라도 고생이 고생이면서 고생이 아니고 고생하는 게 낙이란다."

"그렇다고 아저씨는 그걸 다행히만 여기시우?"

"아니."

"그렇거들랑 아저씨두 아주머니한테 그 은공을 더러는 갚아야 옳을 게 아니오?"

"글쎄, 은공을 모르는 건 아니지만……."

"그러니 인제 병이나 확실히 다아 나신 뒤엘라컨……."

"바빠서 원……."

글쎄, 이 한다는 소리 좀 보지요? 시치미 뚝 따고 누워서 바쁘다는군요!

사람 속 차릴 여망 없어요. 그저 어디로 대나 손톱만치도 쓸모는 없고 남한테 사폐만 끼치고 세상에 해독만 끼칠 사람이니, 뭐 하루바삐 죽어야 해요. 죽어야 하고 또 죽어서 마땅해요. 그런데 글쎄 죽지를 않고 꼼지락꼼지락, 도로 살아나니 성화라구는, 내…….

〈1938〉

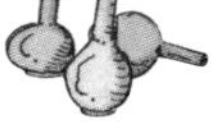

논 이야기

1

일인들이 토지와 그 밖에 온갖 재산을 죄다 그대로 내놓고 보따리 하나에 몸만 쫓겨가게 되었다는 이야기를 듣는 한 생원은 어깨가 우쭐하였다.

"거 보슈, 송 생원. 인전 들, 내 생각 나시지?"

한 생원은 허연 탑삭부리에 묻힌 쪼글쪼글한 얼굴이 위아래 다섯 대밖에 안 남은 누런 이빨과 함께 흐물흐물 웃는다.

"그러면 그렇지, 글쎄 놈들이 제아무리 영악하기로소니 논에다 네 귀탱이 말뚝 박구섬 인도깨비처럼 어여차 어여차, 땅을 떠 가지구 갈 재주야 있을 이치가 있나요?"

한 생원은 참으로 일본이 항복을 하였고, 조선은 독립이 되었다는 그날——8월 15일 적보다도 신이 나는 소식이었다. 자기가 한 말[豫言]이 꿈결같이도 이렇게 와 들어맞다니……. 그리고 자기가 한 말대로, 자기가 일인에게 팔아넘긴 땅이 꿈결같이도 도로 자기의 것이 되게 되었다니……. 이런 세상에 신기하고 희한할 도리라고는 없었다.

조선이 독립이 되었다는 8월 15일, 그때는 한 생원은 섬뻑 만세를 부르고 싶은 생각이 나지 않았어도, 이번에는 저절로 만세 소리가 나와지려고 하였다.

8월 15일 적에 마을에서는 젊은 사람들이 설도를 하여 태극기를 만들고 닭을 추렴하고 술을 사고 하여놓고 조촐히 만세를 불렀다.

한 생원은 그 자리에 참례를 하지 아니하였다. 남들이 가서 같이 만세를 부르자고 하였으나 한 생원은 조선이 독립이 되었다는 것이 별양 반가운 줄을 모르겠었다. 그저 덤덤할 뿐이었었다.

물론 일본이 항복을 하였으니 전쟁은 끝이 난 것이요, 전쟁이 끝이 났으니 벼 공출을 비롯하여 솔뿌리 공출이야 마초 공출이야 채소 공출이야, 가지가지의 그 억울하고 성가신 공출이 없어지고 말 것이었다.

또 열여덟 살배기 손자놈 용길이가 징용에 뽑혀 나갈 염려가

없을 터였다. 얼마나 한 생원은, 일찍이 아비를 여의고, 늙은 손으로 여지껏 길러온 외톨 손자놈 용길이가 징용에 뽑히지 말게 하려고 구장과 면의 노무계 직원과 부락 담당 직원에게 굽은 허리를 굽실거리며 건사를 물고 하였던고. 굶는 끼니를 더 굶어가면서 그들에게 쌀을 보내어주기, 그들이 마을에 얼찐하면 부랴부랴 청해다 씨암탉 잡고 술 대접하기, 한참 농사일이 몰릴 때라도 내 농사는 손이 늦어도 용길이를 시켜 그들의 논에 모 심고 김매어 주고 하기, 이 노릇에 흰머리가 도로 검어질 지경이요 빚은 고패가 넘도록 지고 하였다.

하던 것이 인제는 전쟁이 끝이 났으니 징용 이자는 싹 씻은 듯 없어질 것. 마음 턱 놓고 두 발 쭉 뻗고 잠을 자도 좋았다.

이런 일을 생각하면 한 생원도 미상불 다행스럽지 아니한 것은 아니었다. 그러나 오직 그뿐이었다.

독립?

신통할 것이 없었다.

독립이 되기로서니 가난뱅이 농투성이가 별안간 나으리 주사 될 리 만무하였다. 가난뱅이 농투성이가 남의 세토(貰土:소작) 얻어 비지땀 흘려가면서 일 년 농사 지어 절반도 넘는 도지(소작료) 물고 나머지로 굶으며 먹으며 언명이나 하여가기는 독립이 되거나 말거나 매양 일반일 터였다.

공출이야 징용이야 하여서 살기가 더럭 어려워지기는 전쟁

이 나면서부터였다. 전쟁이 나기 전에는 일 년 농사 지어 작정한 도지 실

수 않고 물면 모자라나따나 아무 시비와 성가심 없이 내 것 삼아놓고 먹을 수가 있었다.

징용도 전쟁이 나기 전에는 없던 풍도였었다. 마음 놓고 일을 하였고 그것으로써 그만이었지, 달리는 근심 걱정 될 것이 없었다.

전쟁 사품에 생겨난 공출이니 징용이니 하는 것이 전쟁이 끝이 남으로써 없어진 다음에야 독립이 되기 전 일본 정치 밑에서도 남의 세토 얻어 도지 물고 나머지나 천신하는 가난뱅이 농투성이에서 벗어날 것이 없을진대, 한갓 전쟁이 끝이 나서 공출과 징용이 없어진 것이 다행일 따름이지, 독립이 되었다고 만세를 부르며 날뛰고 할 흥이 한 생원으로는 나는 것이 없었다.

일인에게 빼앗겼던 나라를 도로 찾고, 그래서 우리도 다시 나라가 있게 되었다는 이 잔주도, 역시 한 생원에게는 시쁘둥한 것이었다. 한 생원은 나라를 도로 찾는다는 것은 구한국 시절로 다시 돌아가는 것으로밖에는 달리는 생각할 수가 없었다.

한 생원네는 한 생원의 아버지의 부지런으로 장만한 열서 마지기와 일곱 마지기의 두 자리 논이 있었다. 선대의 유업도 아니요, 공문서(空文書:무등기) 땅을 거저 주운 것도 아니요, 빼젓이 값을 내고 산 것이었다. 하되 그 돈은 체계나 돈놀이(고리대

금업)로 모은 돈이 아니요, 품삯 받아 푼푼이 모으고 악의악식하면서 모은 돈이었다. 피와 땀이 어린 땅이었다.

그 피땀 어린 논 두 자리에서, 열서 마지기를 한 생원네는 산지 겨우 오 년 만에 고을 원(郡守)에게 빼앗겨버렸다.

지금으로부터 오십 년 전 갑오 을미 병신 하는 병신丙申년 한 생원의 나이 스물한 살 적이었다.

그 안 해 을미년 늦은 가을에 김아무金某라는 원이 동학란에 도망 뺀 원 대신으로 새로이 도임을 해와서 동학의 잔당을 비질하듯 잡아 죽였다.

피비린내 나는 살육이 이듬해 병신년 봄까지 계속되었고, 그리고 여름…… 인제는 다 지났거니 하여 겨우 안도를 한 참인데 한태수(한 생원의 아버지)가 원두막에서 동헌으로 붙잡혀가 옥에 갇혔다. 혐의는 동학에 가담하였다는 것이었다.

한태수는 전혀 동학에 가담한 일이 없었다. 그의 말대로 하면 동학 근처에도 가보지 아니한 사람이었다.

옥에 가두어놓고는 매일 끌어내다 실토를 하라고, 동류의 성명을 불라고, 주리를 틀면서 문초를 하였다. 육십이 넘은 늙은 정강이가 살이 으깨어지고 뼈가 아스러졌다.

나중 가서야 어찌될 값에 당장의 아픔을 견디다 못하여 동학에 가담하였노라고 자복을 하였다. 입에서 나오는 대로 아는 사람의 이름을 불렀다.

불린 일곱 사람이 잡혀 들어와 같은 문초를 받았다. 처음에는들 내뻗었으나 원체 아픔을 이기지 못하여 자복을 하였다.

남은 것은 처형을 하는 것뿐이었다.

하루는 이방이 한태수의 아내와 아들(한 생원)을 조용히 불렀다.

이방은 모자더러, 좌우간 살려낼 도리를 하여야 않느냐고 하였다.

모자는 엎드려 빌면서, 제발 이방님 덕택에 목숨만 살려지이다, 고 하였다.

"꼭 한 가지 묘책이 있기는 있는데…… 그럼 내가 시키는 대로 할 테냐?"

"불 속이라도 뛰어들어가겠습니다."

"논문서를 가져오느라. 사또께다 바쳐라."

"논문서를요?"

"아까우냐?"

"……."

"가장이나 아비의 목숨보다 논이 더 소중하냐?"

"그 땅이 다른 땅과도 달라서……."

"정히 그렇게 아깝거던 고만두는 것이고."

"논문서만 가져다 바치면 정녕 모면을 할까요?"

"아니 될 노릇을 시킬까?"

"그럼 이 길로 나가서 가지고 오겠습니다."

"밤에 조용히 내아(內衙:관사)로 오도록 하여라. 나도 와서 있을 테니. 그러고 네 논이 두 자리가 있겠다?"

"네."

"열서 마지기와 일곱 마지기."

"네."

"그 열서 마지기를 가지고 오느라."

"열서 마지기를요?"

"아까우냐?"

"……."

"아깝거들랑 고만두려므나."

"그걸 바치고 나면 소인네는 논 겨우 일곱 마지기를 가지고 수다한 권솔에 살아갈 방도가……."

"당장 가장이나 아비의 목숨은 어데로 갔던지?"

"……."

"땅이야 다시 장만도 할 수가 있는 것이 아니냐?"

모자는 서로 돌아보면서 말하였다.

"바칩시다."

"바치자."

사흘 만에 한태수는 놓여 나왔다.

다른 일곱 명도 이방이 각기 사이에 들어 각기 얼마씩의 땅을 바치고 놓여 나왔다.

그 뒤 경술庚戌년에 일본이 조선을 합방하여 나라는 망하였다.

사람들이 나라 망한 것을 원통히 여길 때 한 생원은,

"그깐 놈의 나라, 시원히 잘 망했지."

하였다. 한 생원 같은 사람으로는 나라란 백성에게 고통이지 하나도 고마운 것이 아니었다. 또 꼭 있어야 할 요긴한 것도 아니었다.

그런 나라라는 것을 도로 찾았다고 하여 섬뻑 감격이 일지 아니한 것도 일변 의당한 노릇이라 할 것이었다.

논 스무 마지기에서 열서 마지기를 빼앗기고 나니 원통한 것도 원통한 것이지만 앞으로 일이 딱하였다. 논이나 겨우 일곱 마지기를 가지고는 어림도 없었다.

하릴없이 남의 세토를 얻어 그 보충을 하여야 하였다. 그러나 남의 세토는 도지를 물어야 하는 것이라, 힘은 내 논을 지을 때와 마찬가지로 들면서도 가을에 가서 차지를 하기는 절반이 못 되는 것이었다. 그렇지만 그렇다고 남의 세토를 소작 아니 할 수는 없었다.

이리하여 한 생원네는 나라 명색이 망하지 않고 내 나라로 있을 적부터 가난한 소작농이었다.

경술년 나라가 망하고 삼십육 년 동안 일본의 다스림 밑에서도 같은 가난한 소작농이었다.

그리고 속담에 남의 불에 게 잡기로, 남의 덕에 나라를 도로 찾기는 하였다지만 한국 말년의 나라만을 여겨 그 나라가 오죽할 리 없고 여전히 남의 세토나 지어먹는 가난한 소작농이기는 일반일 것이라고 한 생원은 생각하던 것이었다.

일본이 항복을 하던 바로 전의 삼사 년에, 공출이야 징용이야 하면서 별안간 군색함과 불안이 생겼던 것이지, 그 밖에는 나라가 망하여 없어지고서 일본의 속국 백성으로 사는 것이 경술년 이전 나라가 있어 가지고 조선 백성으로 살 적보다 별양 못할 것이 한 생원에게는 없었다. 여전히 남의 세토를 지어 절반 이상이나 도지를 물고 그 나머지를 천신하는 가난한 소작인이요, 순사나 일인이나 면서기들의 교만과 압박보다 못할 것도 없거니와 더할 것도 없었다.

독립이 된 이 앞으로도 그것이 천지개벽이 아닌 이상, 가난한 농투성이가 느닷없이 부자 장자 될 이치가 없는 것이요, 원 · 아전 · 토반이나 일본놈 대신에 만만하고 가난한 농투성이를 핍박하는 '권세 있는 양반들' 이 생겨날 것이요 할 것이매, 빼앗겼던 나라를 도로 찾아 다시금 조선 백성이 되었다는 것이 조금도 신통하거나 반가울 것이 없었다.

원과 토반과 아전이 있어, 토색질이나 하고 붙잡아다 때리기나 하고 교만이나 피우고, 하되 세미(稅米:납세)는 국가의 이름으로 꼬박꼬박 받아가면서 백성은 죽어야 모른 체를 하고 하는 나라의 백성으로도 살아보았다.

천하 오랑캐, 아비와 자식이 맞담배질을 하고 남매 간에 혼인을 하고 뱀을 먹고 하는 왜인들이 저희가 주인이랍시고서 교만을 부리고 순사와 헌병은 칼바람에 조선 사람을 개 돼지 대접을 하고, 공출을 내어라 징용을 나가거라 야미를 하지 마라 하면서 볶아대고, 또 일본이 우리 나라다, 나는 일본 백성이다, 이런 도무지 그럴 마음이 우러나지를 않는 억지 춘향이 노릇을 시키고 하는 나라의 백성으로도 살아보았다.

결국 그러고 보니 나라라고 하는 것은 내 나라였건 남의 나라였건 있었댔자 백성에게 고통이나 주자는 것이지 유익하고 고마울 것은 조금도 없는 물건이었다. 따라서 앞으로도 새 나라는 말고 더한 것이라도, 있어서 요긴할 것도 없어서 아쉬울 일도 없을 것이었다.

2

신해辛亥년…… 경술합방 바로 이듬해였다. 한 생원——때의 젊은 한덕문——은 빼앗기고 남은 논 일곱 마지기를 불가불 팔아야 할 형편에 이르렀다.

칠팔 명이나 되는 권솔인데, 내 논 일곱 마지기에다 남의 논이나 몇 마지기를 소작하여 가지고는 여간한 규모와 악의악식이 아니고서는 도저히 현상 유지를 하기가 어려웠다.

한덕문은 그 부친과는 달라 살림 규모가 없었다. 사람이 좀 허황하고 헤픈 편이었다.

부친 한태수가 죽고 대신 당가산當家產을 한 지 불과 오륙 년에 한덕문은 힘에 넘치는 빚을 졌다.

이 빚은 단순히 살림에 보태느라고만 진 빚은 아니었다.

한덕문은 허황하고 헤픈 값을 하느라고 술과 노름을 쓸쓸히 좋아하였다.

일 년 농사를 지어야 일 년 가계가 번연히 모자라는데, 거기다 술을 먹고 노름을 하니, 늘어가느니 빚밖에는 있을 것이 없었다.

빚은 갚아야 되었다.

팔 것이라고는 논 일곱 마지기 그것뿐이었다.

한덕문이 빚을 이리 틀어막고 저리 틀어막고, 오늘로 밀고 내일로 밀고 하여오던 끝에, 마침내는 더 꼼짝을 할 도리가 없어 논을 팔기로 작정을 대었을 무렵에, 그러자 용말龍田 사는 일인 길천[吉川]이가 요새로 바싹 땅을 많이 사들인다는 소문이 들렸다. 그리고 값으로 말하여도, 썩 좋은 상답이면 한 마지기(이백 평)에 스무 냥으로 스물닷 냥(이십 냥 이상 이십오 냥:사 원 이상 오 원)까지 내고, 아주 박토라도 열 냥(이 원) 안짝은 없다고 하였다.

땅마지기나 가진 인근의 다른 농민들도 다들 그러하였지만 한덕문은 그중에서도 귀가 반짝 뜨였다.

시세의 갑절이었다.

고래실논으로 개똥배미 상지상답이라야 한 마지기에 열 냥으로 열두어 냥(이 원~이 원 사십오 전)이요, 땅 나쁜 것은 기지개 써야 닷 냥(일 원)이었다.

'팔자!'

한덕문은 작정을 하였다.

일곱 마지기 논이 상지상답은 못 되어도 상답은 되니 잘하면 열 냥(이 원)은 받을 것. 열 냥이면 이 칠 십사 일백마흔 냥(이십팔 원).

빚이 이럭저럭 한 오십 냥(십 원) 되니 그것을 갚고 나면 아흔 냥(십팔 원)이 남아. 아흔 냥을 가지고 도로 논을 장만해. 판 일곱 마지기만한 토리의 논을 사더라도 아홉 마지기를 살 수가 있어.

결국 논 한 번 팔고 사고 하는 노름에, 빚 오십 냥 거저 갚고도 논은 두 마지기가 늘어 아홉 마지기가 생기는 판이 아니냐.

이런 어수룩한 노름을 아니하잘 며리(까닭)가 없는 것이었다.

양친은 이미 다 없는 때요, 한덕문 그가 대주(大主:호주)였으므로 혼자서 일을 결단하여도 간섭을 받을 일은 없었다.

곡우穀雨 머리의 어느 날 한덕문은 맨발 짚신 풀상투에 삿갓 쓰고 곰방대 물고 마을에서 십 리 상거의 용말 출입을 나갔다. 일인 길천이가 적실히 그렇게 후한 값으로 논을 사는지 진가를 알아보자 함이었다.

금강錦江 어구의 항구 군산群山에서 시작되어 동북간방東北間方으로 임피읍臨陂邑을 지나 용말로 나온 한길이, 용말 동쪽 변두리에서 솜리裡里로 가는 길과 황등黃登 장터로 가는 길의 두 갈래 길로 갈리는, 그 샅에 가 전주全州집이라는 주모가 업을 하고 있는 주막이 오도카니 홀로 놓여 있었다.

한덕문은 전주집과는 생소치 아니한 사이였다.

마당이자 바로 한길인, 그 마당 앞에 섰는 한 그루의 실버들이 한창 푸르른 전주집네 주막, 살진 봄볕이 드리운 마루에 나란히 걸터앉아 세상 물정 이야기, 피차간 살아가는 이야기, 훨씬 한담을 하던 끝에 한덕문이 지난 말처럼 넌지시 묻는다.

"참, 저 일인 길천이가 요새 땅을 많이 산다구?"

"많얼께 아니라 그 녀석이 아마 이 근처 일판을, 땅이라구 생긴 건 깡그리 쓸어 사자는 배폰가 봅디다!"

"헷소문은 아니루구면?"

"달리 큰 배포가 있던지, 그렇잖으면 그녀석이 상성[發狂]을 했던지."

"……?"

"한 서방 으런두 속내 아는배, 이 근처 논이 물 걱정 가뭄 걱정 없구 한 마지기에 넉 섬은 먹는 논이라야 열 냥(이 원)이 상값 아니우? 그런 걸 글쎄 녀석은 스무 냥 스물댓 냥을 펴주구 사는구랴. 제마석(二斗落에 一石)두 못 먹는 자갈 바탕의 박토라두 논 명색이면 열 냥 안짝 잽히는 건 없구."

"허긴 값이나 그렇게 월등히 많이 내야 일인한테 논을 팔지 그렇잖구서야 누가."

"제엔장, 나두 진작에 논이나 시늉만 생긴 거라두 몇 섬지기 장만해 두었드라면 이런 판에 큰 횡잴 했지."

"그래, 많이들 와 파나?"

"대가릴 싸구 덤벼든답디다. 한 서방 으런두 논 좀 파시구랴? 이런 때 안 팔구 언제 팔우?"

"팔 논이 있나!"

이유와 조건의 어떠함을 물론하고 농민이 논을 판다는 것은 남의 앞에 심히 떳떳스럽지 못한 일이었다. 번연히 내일모레면 다 알게 될 값이라도 되도록 그런 기색을 숨기려고 드는 것이 통정이었다.

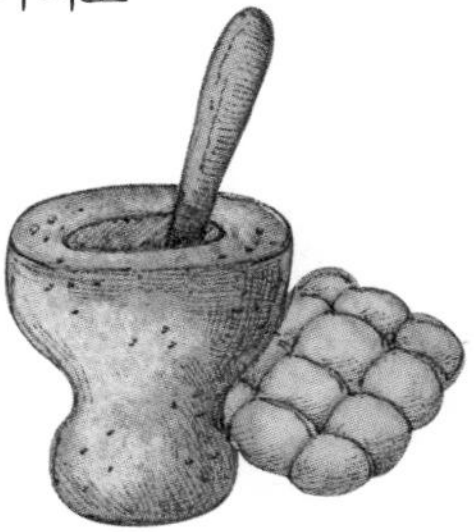

뚜벅뚜벅 말굽 소리가 나더니 말 탄 길천이가 주막 앞을 지난다. 언제나 그러하듯이 깜장 됫박모자[中山帽子]에 깜장 복장(洋服: 쓰메에리)을 입고 깜장 목 깊은 구두를 신고

허리에는 육혈포를 차고 하였다.

한덕문은 길에서 몇 차례 본 적이 있어 그가 길천인 줄을 안다.

"어디 갔다 와요?"

전주집이 웃으면서 알은체를 하는 것을, 길천은 웃지도 않으면서,

"웅, 조기. 우리, 나쁜 사레미 자바리 갔소 왔소."

길천의 차인꾼이요 통역꾼이요 한 백남술이가 밧줄로 결박을 지은 촌 젊은 사람 하나를 앞참 세우고 뒤미처 나타났다.

죄수(?)는 상투가 풀어지고 발기발기 찢긴 옷과 면상으로 피가 묻고 한 것으로 보아 한바탕 늘씬 두들겨 맞은 것이 역력하였다.

"어디 갔다 오시우?"

전주집이 이번에는 백남술더러 인사로 묻는다.

백남술은 분연히,

"남의 돈 집어먹구 도망 댕기는 놈은 죽어 싸지."

하면서 죄수에게 잔뜩 눈을 흘긴다.

그러고 나서 전주집더러,

"댕겨오께시니 닭이나 한 마리 잡구 해놓게나. 놈을 붙잡느라구 한 승강 했더니 목이 컬컬허이."

그러느라고 잠깐 한눈을 파는 순간이었다. 죄수가 밧줄 한끝 붙잡힌 것을 홱 뿌리치면서 몸을 날려 쏜살같이 오던 길로 내

뺀다.

"엇!"

백남술이 병신처럼 놀라다 이내 죄수의 뒤를 쫓는다.

길천의 탄 말이 두 앞발을 번쩍 들어 머리를 돌리면서 땅을 차고 달린다. 그러면서 길천의 손에서 육혈포가 땅…… 풀씬 연기가 나면서 재우쳐 땅…….

죄수는 그러나 첫 한 방에 그대로 길바닥에 가 동그라진다. 같은 순간 버선발로 뛰어 내려간 전주집이 에구머니 비명을 지른다.

죄수는 백남술에게 박승 한끝을 다시 붙잡혀 일어난다. 길천은 피스톨 사격의 명인은 아니었다. 그보다도 엄포의 사격이었기가 쉬웠을 것이다.

일인에게 빚을 쓰는 것을 왜채倭債라고 하고, 이 젊은 친구는 왜채를 쓰고서 갚지 아니하고 몸을 피해 다니다가 붙잡힌 사람이었다.

길천은 백남술이가,

"이 사람은 논이 몇 마지기가 있소."

하고 조사 보고를 하면 서슴지 아니하고 왜채를 주곤 한다. 이자도 항용 체계나 장변보다 헐하였다.

빚을 주는 데는 무른 것 같아도 받는 데는 무서웠다.

기한이 지나기를 기다려 채무자를 제 집으로 데려다 감금을 하고 사형私刑으로써 빚 채근을 하였다.

부형이나 처자가 돈을 가지고 와서 빚을 갚는 날까지 감금과 사형을 늦추지 아니하였다.

논문서를 가지고 오는 자리는 '우대'를 하였다. 이자를 탕감하고 본전만 쳐서 논으로 받는 것이었다. 논이 있는 사람은 돈을 두어두고도 즐거이 논으로 갚고 하였다.

한덕문은 다시 끌려가고 있는 죄수의 뒷모양을 우두커니 바라보면서,

'제엔장, 양반 호랑이도 지질한데 우환 중에 왜놈 호랑이까지 들어와서 이 등쌀이니 갈수록 죽어나는 건 만만한 백성뿐이로구나!'

'쯧, 번연히 알면서 왜채를 쓰는 사람이 잘못이지, 누구를 원망하나.'

'참새가 방앗간을 거저 지날까. 이왕 외상술이라도 한잔 먹고 일어설까, 어떡헐까?'

이런 생각을 하고 앉았는 차에, 생각잖이, 외가 편으로 아저씨뻘 되는 윤 첨지가 푸뜩 거기에 당도하였다. 윤 첨지는 황등장터에서 제 논 섬지기나 지니고 탁신히 사는 농민이었다.

아저씨 웬일이시냐고, 조카 잘 있었더냐고 항용 하는 인사가 끝난 후에, 이 동네 사는 길천이라는 일인이 값을 후히 내고 땅을 사들인다는 소문이 있으니 적실하냐고 아까 한덕문이 전주

집더러 묻던 말을 윤 첨지가 한덕문더러 물었다.

그렇단다는 한덕문의 대답에 윤 첨지는 이윽히 생각을 하고 있더니 혼잣말같이,

"그럼 나두 이왕 궐厥한테나 팔아야 하겠군."

하다가 한덕문더러,

"황등이까지 가서두 살까? 예서 이십 리나 되는데."

하고 묻는다.

"글쎄요…… 건데 논은 어째 파실 영으루?"

"허, 그거 온 참……. 저어 공주 한밭[大田]서 무안 목포木浦루 철로가 새루 나는데 그것이 계룡산鷄龍山 앞을 지나 연산·팔거리(連山·豆溪)루 해서 논데·강경(論山·江景)으루 나와 가지구 황등 장터를 지나게 된다네그려."

"그런데요?"

"그런데 철로가 난다 치면 그 십 리 안짝은 논을 죄 버리게 된다는 거야."

"어째서요?"

"차가 댕기는 바람에 땅이 울려 가지구 모를 심어두 뿌릴 제대루 잡지 못하구 해서 벼가 자라질 못한다네그려!"

"무슨 그럴 리가……."

"건 조카가 속을 몰라 하는 소리지, 속을 몰라 하는 소린 것이, 나두 작년 정월에 공주 한밭엘 갔다 그놈 차가 철로 위루

달리는 걸 구경했지만, 아 그 쇳덩이루 만든 집채더미 같은 시꺼먼 수레가 찻길 위루 벼락치듯 달리는데 땅바닥이 사뭇 움죽움죽하드라니깐! 여승 지동[地震]이야……. 그러니 땅이 그렇게 지동하듯 사철들이 울리니 근체 논의 모가 뿌리를 잡을 것이며 자라기를 할 것인가?"

"……."

듣고 보니 미상불 근리한 말이었다.

"몰랐으면이어니와 알구두 그대루 있겠던가? 그래 좀 덜 받더래두 팔아넘길 영으루 하구 있는데, 소문을 들으니 길천이라는 손이 요새 값을 시세보담 갑절씩이나 내구 논을 산다데나 그려. 정녕 그렇다면 철로 조간이 아니라두 팔아 가지구 딴 데루 가서 판 논 갑절 되는 논을 장만함직두 한 노릇인데, 항차……."

"철로가 그렇게 난다는 건 아주 적실한가요?"

"말끔 다 칙량을 하구 말뚝을 박아놓구 한걸…… 황등 장터 그 일판은 그래, 논들을 못 팔아 난리가 났다니까."

3

일인 길천이에게 일곱 마지기 논을 일백마흔 냥(이십팔 원)에 판 것과, 그중 쉰 냥(십 원)은 빚을 갚은 것, 이것까지는 다 한덕문의 예산대로 되었었다.

그러나 나머지 아흔 냥(십팔 원)으로 판 논 일곱 마지기보다 토리가 못하지 아니한 논으로 두 마지기가 더한 아홉 마지기를 삼으로써 빚 쉰 냥은 공으로 갚고, 그러고도 논이 두 마지기가 붙게 된다던 것은 완전히 허사가 되고 말았다.

아무도 한덕문에게 상답 한 마지기를 열 냥씩에 팔려는 사람은 없었다. 이왕 일인 길천이에게 팔면 그 갑절 스무 냥씩을 받는 고로 말이었다.

필경 돈 아흔 냥은 한덕문의 수중에서 한 반년 동안 구르는 동안 스실사실 다 없어지고 말았다.

이리하여 한덕문은 논 일곱 마지기로 겨우 빚 쉰 냥을 갚고는 아무것도 남은 것이 없이 손 싹싹 털고 나선 셈이었다.

친구가 있어 한덕문을 책하면서 물었다.

"어떡허자구 논을 판단 말인가?"

"인제 두구 보게나."

"무얼 두구 보아?"

"일인들이 다 쫓겨가면 그 땅 도로 내 것 되지 갈 데 있던가?"

"쫓겨갈 놈이 논을 사겠나?"

"저이놈들이 천지 운수를 안다든가?"

"자네는 아나?"

"두구 보래두 그래."

한덕문은 혼자 속으로는 아뿔싸, 논이라야 단지 그것뿐인 것을 팔고서 인제는 송곳 꽂을 땅도 없으니 이 노릇을 어찌한단 말이냐고 심히 후회하여 마지않았다.

그러면서도 남더러는 그렇게 배포 있이 장담을 탕탕 하였다.

한덕문은 장차에 일인들이 쫓겨가리라는 것을 확언할 아무런 근거도 가진 것이 없었다. 따라서 자신도 없었다. 오직 그는 논을 판 명예롭지 못함과 어리석음을 싸기 위하여, 그런 희떠운 소리를 한 것일 따름이었다.

한덕문이, 일인들이 다 쫓겨가면 그 논이 도로 제 것이 될 터이라서 논을 팔았다고 한다더라, 이 소문이 한 입 두 입 퍼지자 듣는 사람마다 그의 희떠움을, 혹은 실없음을 웃었다.

하는 양을 보느라고 위정,

"자네 논 팔았다면서?"

한다 치면,

"팔았지."

"어째서?"

"돈이 좀 아쉬워서."

"돈이 아쉽다구 논을 팔구서 어떡허자구?"

"일인들이 다 쫓겨가면 그 논 도루 내 것 되지 갈 데 있나?"

"일인들이 쫓겨간다든가?"

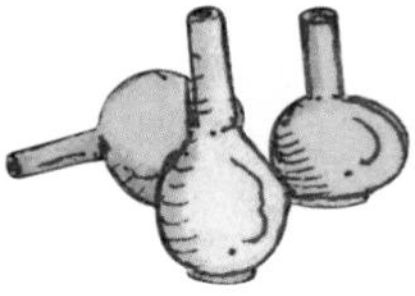

"그럼 백 년 살까?"

또 누구는 수작을 바꾸어,

"일인들이 쫓겨간다지?"

한다 치면,

"그럼!"

"언제쯤 쫓겨가는구?"

"건 쫓겨가는 때 보아야 알지."

"에구, 요 맹추야. 요 허풍선이야. 우리 나라 상감님을 쫓아내구 저이가 왕 노릇을 하는데 쫓겨가?"

"자넨 그럼 일인들이 안 쫓겨가구 영영 그대루 있으면 좋을 건 무언가?"

"좋기루 할 말이야 일러 무얼 하겠나만 우리 좋구푼 대루 세상 일이 돼준다던가?"

"그래두 인제 내 말을 일를 때가 오너니."

"괜히, 논 팔구섬 할말 없거들랑 국으루 잠자코 가만히나 있어요."

"체에. 내 논 내가 팔아먹는데, 죄 될 일 있나?"

"걸 누가 죄라니?"

"길천이한테 논 팔아먹은 놈이 한덕문이 하나뿐인감?"

"누가 논 판 걸 나무래? 희떤 장담을 하니깐 그리는 거지."

"희떤 장담인지 아닌지 두구 보잔 말야."

이로부터 한덕문은 그 말로 인하여 마을과 인근에서 아주 호가 났고, 어느 겨를인지 그것이 한 속담까지 되었다.

가령 어떤 엉뚱한 계획을 세운다든지 허랑한 일을 시작하여 놓고서는 천연스럽게 성공을 자신한다든지 결과를 기다린다든지 하는 사람이 있다 치면,

"흥, 한덕문이 길천이게다 논 팔아먹던 대 났구나."

하고 비웃곤 하는 것이었다.

그후, 그 속담은 삼십오 년을 두고 전하여 내려왔다. 전하여 내려올 뿐만이 아니었다. 일본제국주의의 조선에 있어서의 지반이 해가 갈수록 완구한 것이 되어감을 따라, 더욱이 만주사변 때부터 시작하여 중일전쟁을 거쳐 태평양전쟁으로 일이 거창하게 벌어진 결과, 전쟁 수단으로써 조선의 가치는 안으로 밖으로 적극적으로 소극적으로 나날이 더 커감을 좇아, 일본이 조선에다 박은 뿌리는 더욱 깊이 뻗어 들어가고 가지와 잎은 더욱 무성하여서, 일본이 조선으로부터 물러간다는 것은 독립과 한가지로 나날이 더 잠꼬대 같은 생각이던 것처럼 되어버려감을 따라, 그래서 한덕문의 장담하던,

'일인들이 다 쫓겨가면…….'

이 말이, 해가 가고 날이 갈수록 속절없이 무색하여 감을 따라, 그와 반비례하여 그 말의 속담으로서의 가치와 효과만이 멸하지 않고 찬란히 빛을 내었다.

바로 8월 14일까지도 그러하였다. 8월 14일까지도,

"흥, 한덕문이 길천이한테 논 팔아먹던 대 났구나."

는 당당히 행세를 하였다.

그랬던 것이 8월 15일에 일본이 항복을 하고, 조선은 독립(실상은 우선 해방)이 되고 하였다. 그리고 며칠 아니하여 '일인들이 토지와 그 밖에 온갖 재산을 죄다 그대로 내놓고 보따리 하나에 몸만 쫓겨가게 되었다' 는 데까지 이르렀다.

한 생원(한덕문)의,

"일인들이 다 쫓겨가면……."

은 이리하여 부득불 빛이 환해지고 반대로,

"한덕문이 길천이한테 논 팔아먹던 대 났구나."

는 그만 얼굴이 벌게서 납작하고 말 수밖에 없었다.

4

"여보슈, 송 생원?"

한 생원이 허연 탑삭부리에 묻힌 쪼글쪼글한 얼굴이 위아래 다섯 대밖에 안 남은 누런 이빨과 함께 흐물흐물 자꾸만 웃어지는 웃음을 언제까지고 거두지 못하면서, 그러다 별안간 송 생원의 팔을 잡아 흔들면서 아주 긴하게,

"우리 독립 만세 한번 부르실까?"

"남 다아 부르고 난 댐에, 건 불러 무얼 허우?"

송 생원은 한 생원과 달라 길천이한테 팔아먹은 논도 없으려니와, 따라서 일인들이 쫓겨가더라도 도로 찾을 논도 없었다.

"송 생원, 접때 마을에서 만세를 부를 제 나가 부르셨던가?"

"난 그날 허리가 아파 꼼짝 못하구 누었었는걸."

"나두 그날 고만 못 불렀어."

"아따 못 불렀으면 못 불렀지, 늙은 것들이 만세 좀 아니 불렀기루 귀양살이 보내겠수?"

"난 그래두 좀 섭섭해 그랬지요…… 그럼 송 생원, 우리 술 한잔 자실까?"

"술이나 한잔 사주신다면."

"주막으루 나갑시다."

두 늙은이가 지팡이를 짚고 마을에 단 한 집밖에 없는 주막으로 나갔다.

"에구머니, 독립두 되구 볼 거야, 영감님들이 술을 다 자시러 오시구."

이십 년이나 여기서 주막을 하느라고 이제는 중늙은이가 된 주모 판쇠네가 손님을 환영이라기보다 다뿍 걱정스러워한다.

"미리서 외상인 줄이나 알구, 술 좀 주게나."

한 생원이 그러면서 술청으로 들어가 앉는 것을 송 생원도

따라 들어가 앉으면서 주모더러,

"외상 두둑히 드리게. 수가 나섰다네."

"독립되는 운덤에 어느 고을 원님이나 한자리 해가시는감?"

"원님을 걸 누가 성가시게, 흐흐……."

한 생원은 그러다 다시,

"거 안주가 무어 좀 있나?"

"안주두 벤벤찮구 술두 막걸린 없구 소주뿐인걸, 노인네들이 소주 잡숫구 어떡하시게."

"아따, 오줌은 우리가 아니 싸리."

젊었을 적에는 동이술을 사양치 아니하던 영감들이었다. 그러나 둘이가 다 내일모레가 칠십. 더구나 자주자주는 술을 입에 대지 않던 차에 싱겁다고는 하지만 소주를 칠팔 잔씩이나 하였으니 과음일 수밖에 없었다.

송 생원은 그대로 술청에 쓰러져 과연 소변을 지리기까지 하였다.

한 생원은 송 생원보다는 아직 기운이 조금은 좋은 덕에 정신을 놓거나 몸을 가누지 못할 지경은 아니었다.

"우리 논을 좀 보러 가야지, 우리 논을. 서른다섯 해 만에 우리 논을 보러 간단 말야, 흐흐흐."

비틀거리면서 한 생원은 술청으로부터 나온다.

주모 판쇠네가 성화가 나서,

"방으루 들어가 누섰다 술 깨신 댐에 가세요. 노인네들 술 드렸다구 날 또 욕허게 됐구먼."

"논 보러 가, 논. 길천이게다 판 우리 논. 흐흐흐, 서른다섯 해 만에 도루 찾은, 우리 일곱 마지기 논, 흐흐흐."

"글쎄 논은 이 댐에 보러 가시면 어디루 가요?"

"날 희떤 소리 한다구들 웃었지. 미친놈이라구 웃었지, 들. 흐흐. 서른다섯 해 만에 내 말이 들어맞일 줄을 누가 알았어? 흐흐흐."

말은 혀 꼬부라진 소리로, 몸은 위태로이 비틀거리면서 한 생원은 지팡이를 휘젓고 밖으로 나간다. 나가다 동네 젊은 사람과 마주쳤다.

"아, 한 생원 웬일이세요?"

"논 보러 간다, 논. 흐흐흐. 너두 이 녀석, 한덕문이 길천이한테 논 팔아먹던 대 났구나, 그런 소리 더러 했었지? 인제두 그런 소리가 나오까?"

"취하셨군요."

"나, 외상술 먹었지. 논 찾았은깐 또 팔아서 술값 갚으면 고만이지. 그럼 한 서른다섯 해 만에 또 내 것 되겠지, 흐흐흐. 그렇지만 인전 안 팔지, 안 팔아. 우리 용길이놈 물려줘여지, 우리 용길이놈."

"참, 용길이 요새 있죠?"

"있지, 길천이한테 팔아먹었을까?"

"저, 읍내 사는 영남이가 산판山坂 하날 나서 벌목을 하는데, 이 동네 사람들더러 와 남구 비어주구 그 대신 우죽枝葉 가져가라구 하니, 용길이두 며칠 보내서 땔나무나 좀 장만하시죠."

"걸 누가…… 논을 도루 찾았는데."

"논만 찾으면 땔나문 없어두 사시나요?"

"논두 없어두 서른다섯 해나 살지 않었느냐?"

"허허, 참. 그러지 마시구 며칠 보내세요. 어서서 다 비어버려야 할 텐데 도무지 사람을 못 구해 그러니 절더러 부디 그럭허두룩 서둘러 달라구, 영남이가 여간만 부탁을 해싸여죠. 아, 바루 동네서 가찹겠다. 져 나르기 수월하구…… 요 위 가잿골 있는 길천농장 멧갓이래요."

"무어?"

한 생원은 별안간 정신이 번쩍 나면서 대어든다.

"가잿골 있는 길천농장 멧갓이라구?"

"네."

"네라니? 그 멧갓이…… 가마안 있자, 아니 그 멧갓이 뉘 멧갓이길래?"

"길천농장 멧갓 아녜요? 걸, 영남이가 일인들이 이번에 거들이 나는 바람에 농장 산림 감독하던 강 서방한테 샀대요."

"하, 이런 도적놈들. 이런 천하 불한당 놈들. 그래, 지끔두 벌목을 하구 있더냐?"

"오늘버틈 시작했다나 봐요."

"하, 이런 천하 날불한당 놈들이."

한 생원은 천방지축으로 가잿골을 향하여 비틀걸음을 친다.

솔은 잘 자라지 않고, 개간하여 밭을 만들자 하니 힘이 부치고 하여, 이름만 멧갓이지 있으나 마나 한 멧갓 한 자리가 있었다. 한 삼천 평 될까 말까, 그다지 크지도 못한 것이었다.

이 멧갓을 한 생원은 길천이에게다 논을 팔던 이듬핸지 그 이듬핸지, 돈은 아쉽고 한 판에 또한 어수룩이 비싼 값으로 팔아 넘겼었다.

길천은 그 멧갓에다 낙엽송을 심어 삼십여 년이 지난 지금 와서는 아주 한다 하는 산림이 되었다.

늙은이의 총기요, 논을 도로 찾게 되었다는 것에만 정신이 팔려, 깜빡 멧갓 생각은 미처 아직 못하였던 모양이었다.

마침 전신주감의 쪽쪽 곧은 낙엽송이 총총들이 섰다. 베기에 아까워 보이는 나무였다.

한 서넛이나가 한편에서부터 깡그리 베어 눕히고, 일변 우죽을 치고 한다.

"이놈, 이 불한당 놈들. 이 멧갓 벌목한다는 놈이 어떤 놈이냐?"

비틀거리면서 고함을 치고 쫓아오는 한

생원을 사람들은 영문을 몰라 일하던 손을 멈추고 뻔히 바라다보고 섰다.

"이놈, 너루구나?"

한 생원은 영남이라는 읍내 사람 벌목 주인 앞으로 달려들면서 한 대 갈길 듯이 지팡이를 둘러멘다.

명색이 읍 사람이라서 촌 농투성이에게 무단히 해거를 당하면서 공수하거나 늙은이 대접을 하려고는 않는다.

"아니, 이 늙은이가 환장을 했나? 왜 그러는 거야, 왜."

"이놈, 네가 왜 이 멧갓을 손을 대느냐?"

"무슨 상관여?"

"어째 이놈아 상관이 없느냐?"

"뉘 멧갓이길래?"

"내 멧갓이다. 한덕문이 멧갓이다, 이놈아."

"허허, 내 별꼴 다 보니. 괜시리 술잔 든질렀거들랑 고이 삭히진 아녀구서, 나이깨 먹은 것이, 왜 남 일하는 데 와서 이 행악야 행악이. 늙은인 다리 뼉다구 부러지지 말란 법 있나?"

"오냐! 이놈 날 죽여라. 너구 나구 죽자."

"대체 내력을 말을 해요. 무엇 때문에 이 야룬지 내력을 말을 해요."

"이 멧갓이 그새까진 길천이 것이라두, 조선이 독립됐은깐 인전 내 것이란 말야, 이놈아."

"조선이 독립이 됐는데 어째 길천이 멧갓이 한덕문이 것이 되는구?"

"길천인, 일인들은, 땅을 죄다 내놓구 간깐, 그전 임자가 도루 차지하는 게 옳지, 무슨 말이냐?"

"오오, 이녁이 이 멧갓을 전에 길천이한테다 팔았다?"

"그래서."

"그랬으니깐, 일인들이 땅을 다 내놓구 가니깐, 이녁은 팔았던 땅을 공짜루 도루 차지하겠다?"

"그래서."

"그 개 뭣 같은 소리 인전 엔간치 해두구 어서 없어져버려요. 난 빼젓이 길천농장 산림 관리인 강태식이한테 시퍼런 돈 이천환 주구서 계약서 받구 샀어요. 강태식인 길천이가 해준 위임장 가지구 팔구. 돈 내구 산 사람이 임자지, 저 옛날, 돈 받구 팔아먹은 사람이 임잘까?"

8 · 15 직후, 낡은 법이 없어지고 새로운 영이 서기 전, 혼란한 틈을 타서 잇속에 눈이 밝은 무리들이 일본인 농장이나 회사의 관리자와 부동이 되어 가지고 일인의 재산을 부당 처분하여 배를 불린 일이 허다하였다. 이 산판 사건도 그런 것의 하나였다.

5

그 뒤 훨씬 지나서.

일인의 재산을 조선 사람에게 판다, 이런 소문이 들렸다. 사실이라고 한다면 한 생원은 그 논 일곱 마지기를 돈을 내고 사지 않고서는 도로 차지할 수가 없을 판이었다. 물론 한 생원에게는 그런 재력이 없거니와 도대체 전의 임자가 있는데 그것을 아무나에게 판다는 것이 한 생원으로 보기에는 불합리한 처사였다.

한 생원은 분이 나서 두 주먹을 쥐고 구장에게로 쫓아갔다.

"그래 일인들이 죄다 내놓구 가는 것을 백성들더러 돈을 내구 사라구 마련을 했다면서?"

"아직 자세힌 모르겠어두 아마 그렇게 되기가 쉬우리라구들 하드군요."

해방 후에 새로 난 구장의 대답이었다.

"그런 놈의 법이 어딨단 말인가? 그래, 누가 그렇게 마련을 했는구?"

"나라에서 그랬을 테죠."

"나라?"

"우리 조선 나라요."

"나라가 다 무어 말라비틀어진 거야? 나라 명색이 내게 무얼 해준 게 있길래 이번엔 일인이 내놓구 가는 내 땅을 저이가 팔아먹으려구 들어? 그게 나라야?"

"일인의 재산이 우리 조선 나라 재산이 되는 거야 당연한 일이죠."

"당연?"

"그렇죠."

"흥, 가만 둬두면 저절루 백성의 것이 될 걸 나라 명색은 가만히 앉었다 어디서 툭 튀어나와 가지구, 걸 뺏어서 팔아먹어? 그 따위 행사가 어딨다든가?"

"한 생원은 그 논이랑 멧갓이랑 길천이한테 돈을 받구 파셨으니깐 임자로 말하면 길천이지 한 생원인가요?"

"암만 팔았어두, 길천이가 내놓구 쫓겨갔은깐, 도루 내 것이 돼야 옳지 무슨 말야. 걸 무슨 탁에 나라가 뺏을 영으루 들어?"

"한 생원한테 뺏는 게 아니라 길천이한테 뺏는 거랍니다."

"흥, 둘러다 대긴 잘들 허이. 공동묘지 가보게나. 핑계 없는 무덤 있던가? 저, 병신년에 원놈[郡守] 김가가 우리 논 열두 마지기 뺏을 제두 핑곈 다 있었드라네."

"좌우간 아직 그렇게 지레 염렬 하실 게 아니라 기대리구 있느라면 나라에서 다 억울치 않두룩 처단을 하겠죠."

"일없네. 난 오늘버틈 도루 나라 없는 백성이네. 제길 삼십육년두 나라 없이 살아왔을려드냐. 아니 글쎄, 나라가 있으면 백

성한테 무얼 좀 고마운 노릇을 해주어야 백성두 나라를 믿구 나라에다 마음을 붙이구 살지. 독립이 됐다면서 고작 그래 백성이 차지할 땅 뺏어서 팔아먹는 게 나라 명색야?"

그러고는 털고 일어서면서 혼잣말로,

"독립됐다구 했을 제, 내, 만세 안 부르기, 잘했지."

〈1946〉

미스터 방

주인과 나그네가 한가지로 술이 거나하니 취하였다. 주인은 미스터 방方, 나그네는 주인의 고향 사람 백白 주사.

주인 미스터 방은 술이 거나하여 감을 따라, 그러지 않아도 이 즈음 의기 자못 양양한 참인데 거기다 술까지 들어간 판이고 보니, 가뜩이나 기운이 불끈불끈 솟고 하늘이 바로 돈짝만 한 것 같은 모양이었다.

"내 참, 뭐, 흰말이 아니라 참, 거칠 것 없어, 거칠 것. 흥, 어느 눔이 아, 어느 눔이 날 뭐라구 허며, 날 괄시헐 눔이 어딨어, 지끔 이 천지에. 흥 참, 어림없지, 어림없어."

누가 옆에서 저를 무어라고를 하며 괄시를 한단 말인지, 공연히 연방 그 툭 나온 눈방울을 부리부리 왼편으로 삼십 도는 넉넉 삐뚤어진 코를 벌씸벌씸 해가면서 그래 쌓는 것이었다.

"내 참, 이래 봬두, 응, 동양 삼국 물 다 먹어본 방삼方三복이우. 청얼淸語 뭇 허나, 일얼 뭇 허나, 영어야 뭐 말할 것두 없구……."

하다가, 생각난 듯이 맥주 컵을 들어 벌컥벌컥 단숨에 다 마신다. 그러고는 시꺼먼 손등으로 입술을 쓱, 손가락으로 김치쪽을 늘름 한 점, 그러던 버릇이, 미스터 방이요, 신사요, 방 선생으로도 불려지는 시방도 무심중 절로 나와, 손등으로 입술의 맥주 거품을 쓱 씻고, 손가락으로 라조기 한 점을 집어다 으득으득 씹는다.

"술은 참, 맥주가 술입넨다……."

어느 놈이 만일 무어라고 시비를 하거나 괄시를 한다면 당장 그 라조기를 씹듯이 으득으득 잡아 씹기라도 할 듯이 괄괄하던 결기가, 그러다 별안간 어디로 가고서 이번엔 맥주 추앙이 나오던 것이다.

"술두 미국 사람네가 문명했죠. 죄선 사람은 안직두 멀었어."

"멀구말구. 아직두 멀었지."

쥐 상호의 대추씨만한 얼굴에 앙상한 노랑 수염 백 주사가, 병을 들어 주인의 빈 컵에다 따르면서 그렇게 맞장구를 쳐 보비위를 한다.

"아, 백상두 좀 드슈."

"난 과해."

"괜히 그리셔. 백상 주량을 다아 아는데. 만난 진 오랐어두."

"다아 젊었을 적 말이지, 지금은……."

"올에 참 몇이시지?"

"갑술생 마흔여덟 아닌가!"

"그럼 나보담 열한 살 위시군. 그래두 백상은 안 늙으신 심야. 허허허허."

"안 늙는 게 다 무언가. 머리 센 걸 보게!"

"건 조백이시지."

백 주사는 흔연히 수작을 하면서 내색은 아니 하나, 어심엔 미스터 방이 괘씸하기 짝이 없었다.

향리의 예법으로, 십 년 장이면 절하고 뵈어야 한다. 무릎 꿇고 앉아야 하고, 말은 깍듯이 공대를 해야 한다. 그 앞에서 주초酒草가 당치 않고, 막부득이한 경우면 모로 앉아 잔을 마셔야 한다. 그런 것을, 마치 제 연갑 친구나 타관 나그네게나 하는 것처럼, 백상이니, 술 드슈, 조백이시지 하고 말버릇이 고약해, 발 개키고 앉아서 정면하고 술을 먹어, 담배 빼끔빼끔 피워, 이런 괘씸할 도리가 없었다.

또 나이도 나이려니와, 문벌이나 지체를 가지고 논한다면, 이건 도저히 용서할 수 없는 일이었다.

이래 보여도 나는 삼대조가 진사를 하였고(그 첩지가 시방도 버젓이 있다) 오대조가 호조판서를 지냈고(족보에 그렇게 분명히 올라 있다) 칠대조가 영의정을 지냈고(역시 족보에 그렇게 분명히 올라 있다) 이런 명문거족의 집안이었다. 또 내 십이촌이 ××군수요, 그 십이촌의 아들이 만주국 ××현 ××촌 촌장이요 하였다. 또 그리고, 시방은 원수의 독립인지 막덕인지 때문에 다 그렇게 되었다지만, 아무튼 두 달 전까지도 어느 놈 그 앞에서 기침 한 번 크게 못하던 백 부장——훈팔八등에, ××경찰서 경제계 주임이던 백 부장의 어르신네 이 백 주사가 아닌가. 두 달 전 그때만 같았어도,

"이놈!"

하고 호통을 하여 당장 물고를 내련만, 그 좋은 세상이 어디로 가고 이 지경이란 말인지 몰랐다.

하여튼 그만치나 혼란스런 백 주사에다 대면 미스터 방의 근지야 아주 보잘것이 없었다.

미스터 방의 증조가 타관에서 떠들어온 명색 없는 사람이었다. 그 조부가 고을의 아전을 다녔다. 그 아비가 짚신 장수였다. 칠십에, 고로롱고로롱 아직도 살아 있지만, 시방도 짚신 곱게 삼기로 고을에서 첫째 가는 방 첨지가 바로 그였다. 그리고 이 방삼복이는…….

먹고 자고 꿍꿍 일하고, 자식 새끼 만들고 할 줄밖에는 모르는 상일꾼(농부)이었다. 그러나마 삼십을 바라보도록 남의 집

머슴살이로, 이 집 저 집 살고 다니는 코삐뚤이 삼복이었다. 물론 낫 놓고 기역자도 못 그리는 판무식이었다.

상일꾼일 바엔 남의 세토(貰土:소작) 마지기라도 얻어 제 농사를 짓는 것이 아니라, 삼십을 바라보도록 남의 집 머슴살이만 하고 다니던 코삐뚤이 삼복이가 하루 아침 무슨 생각이 났던지, 돈벌이를 간답시고, 조석이 간데없는 부모에게다 처자식 떠맡기고는 훌쩍 일본으로 떠나버렸다. 그것이 열두 해 전.

떠난 지 칠팔 년을 별반 신통한 벌이도 못하는지, 돈 한 푼 보내는 싹도 없더니, 하루는 느닷없이 중국 상해에 와 있노라 기별이 전해져왔다. 그러고는 감감 소식이 없다가 삼 년 만에 퍼뜩 고향엘 돌아왔다. 십여 년을, 저의 말마따나 동양 삼국 물 골고루 먹고 다녔으면서, 별로이 때가 벗은 것도 없어 보이고, 행색은 해어진 양복 누더기에 볼 꿰어진 구두짝을 꿰고 들어서는 모양이, 군데군데 김질은 하였으나 빨아 다린 무명 고의 적삼을 입고 고향을 떠날 적보다 차라리 초라한 것 같았다.

늙은 어미 아비와 젊은 가속이 뻐품으로 버는 것을 얻어먹으며 굶으며 하면서 한 일 년 번둥거리고 놀더니, 적이 회심이 들었는지, 이번엔 처자식 데리고 서울로 올라왔다.

서울로 올라와서는 현저동 비탈의 다 찌부러진 행랑방을 얻어 살면서, 처음 일 년은 용산 있는 연합군 포로 수용소엘 다니며 입에 풀칠을 하였고——이 동안 그는 상해에서 귀로 익힌

토막 영어가 조금 더 진보되었고.

다시 일 년이나는, 그것 역시 상해에서 익힌 것을 밑천 삼아, 구두 직공으로 구둣방엘 다니며 그럭저럭 살았고. 그러다 일본이 싸움에 지느라고, 구두를 너무 해트려 가죽이 동이 나서, 구둣방이 너나없이 문을 닫는 바람에, 할 수 없이 이번엔 궤짝 한 개 걸머지고 신기료 장수로 나서고 말았다.

골목골목 돌아다니며 혹은 종로 복판의 행길에 가 앉아 신기료 장수를 하자니, 자연 서울 온 고향 사람의 눈에 종종 뜨일밖에. 소식이 고향에 퍼지자, 누구 한 사람 칭찬은 없고 저마다 빈정거리는 소리뿐이었다.

"일본으로, 청국으로, 십여 년 타국 바람 쏘이고 온 놈이 겨우 고거야?"

"부전자전이로구먼. 아범은 짚신 장수, 자식은 구두 깁는 장수."

"아마 신발 명당에다 무덤을 썼든감."

이렇듯 근지는 미천하고, 속에 든 것 없고, 가랑이가 찢어지게 가난하고, 생화生貨라는 것이 고작 거리에 앉아 오는 사람 가는 사람 해어지고 고린내 나는 구두짝 꿰매어주고 징 박아주고 닦아주고 하는 천업이고 하던, 그 코삐뚤이 삼복이었다.

'흥, 개구리가 올챙이 적을 못 생각한다더니. 발칙한 놈. 고얀 놈.'

백 주사는 생각하자니 속으로 이렇게 분개스럽지 않을 수가 없었다.

그러나 일변으로는, 그러던 코삐뚤이 삼복이가 그야말로 선영이 명당엘 들었단 말인지, 무슨 조화를 지녔단 말인지, 불과 몇 달지간에 이렇게 훌륭히 되고, 부자가 되고, 미씨다 방인지 구리다 방인지가 되고 하여 가지고는, 갖은 호강 다 하며 천하에 무서울 것이 없고 기강이 나서 막 이러니, 한편 생각하면 신기하기도 하고 부럽기도 하고 또한 안타깝기도 하였다.

'사람의 운수란, 참 모를 일이야.'

백 주사는 속으로 절절히 이렇게 탄복도 아니치 못하였다.

코삐뚤이 삼복의 이 눈부신 발신發身은, 그러나 백 주사가 희한히 여기는 것처럼 무슨 명당 바람이 났다거나 조화를 지녔다거나 그런 신기한 곡절이 있는 바가 아니요, 지극히 간단하고도 수월한 것이었다. 다만 몸에 지닌 재주 가운데 총기가 좀 좋아서 일찍이 영어 마디나 익힌 것을 잊어버리지 아니하였다는, 일종의 특수 조건이 없던 바는 아니지만.

*

1945년 8월 15일, 역사적인 날.

이날도 신기료 장수 방삼복은 종로의 공원 건너편 응달에 앉아서 구두 징을 박으면서 해방의 날을 맞이하였다. 그러나 삼복은 감격한 줄도 기쁜 줄도 모르겠었다. 지나가는 행인이 서로 모르던 사람끼리면서 덥석 서로 껴안고 기뻐하고 눈물을 흘리고 하는 것이, 삼복은 속을 모르겠고 차라리 쑥스러 보일 따름이었다. 몰려 닫는 군중이 오히려 성가시고, 만세 소리가 귀가 아파 이맛살이 지푸려질 지경이었다.

몰켜다니고 만세를 부르고 하기에 미쳐 날뛰느라고 정신이 없어, 손님이 없어, 손님이 부쩍 줄었다.

"우랄질! 독립이 배부른가?"

이렇게 그는 두런거리면서 반감이 솟았다.

이삼 일 지나면서부터야 삼복에게도 삼복에게다운 해방의 혜택이 나누어졌다.

십 전이나 십오 전에 박아주던 징을, 오십 전을 받아도 눈을 부라리는 순사를 볼 수가 없었다. 순사가 없어졌다면야 활개를 쳐가면서 무슨 짓을 하여도 상관이 없고 무서울 것이 없던 것이었다.

"옳아, 그렇다면 독립도 할 만한 건가 보다."

삼복은 징 열 개를 박아주고 오 원을 받아 넣으면서 이렇게 속으로 중얼거리기까지 하였다.

그러나 며칠이 못 가서 삼복은 다시금 해방을 저주하여야 하였다. 삼복이 저 혼자만 돈을 더 받으며, 더 받아 상관이 없는 것이 아니라, 첫째 도가都家들이 제 맘대로 재료 값을 올리던 것이었다. 징, 가죽, 고무, 실 모두가 오 곱 십 곱 비싸졌다. 그러니 신기료 장수는 손님한테 아무리 비싸게 받는댔자 재료를 비싼 값으로 사야 하니, 결국 도가만 살찌울 뿐이지 소득은 전과 크게 다를 것이 없었다.

"이런 옘병헐! 그눔에 경제겐 다 어디루 가 뒈졌어. 독립은 우라진다구 독립을 헌담."

석양 때 신기료 궤짝 어깨에 멘 채 홧김에 막걸리청으로 들어가, 서너 사발 들이켜고는 그는 이렇게 게걸거렸다.

그럭저럭 9월도 열흘이 되고, 서울 거리에는 미국 병정이 꼬마 차와 함께 그득히 펴졌다.

그 미국 병정들이, 거리를 구경하면서 혹은 물건을 사려면서 말이 서로 통하지를 못하여 답답해하는 양을 보고 삼복은 무릎을 탁 쳤다.

그러나 슬플진저, 땟국과 땀에 찌든 이 누더기를 걸치고는 가망이 없을 말이었다.

'무슨 도리가 없을까?'

반일을 궁리를 하다가, 정오 때에야 한 줄기 서광을 얻었다.

총총히 집으로 돌아가, 마누라를 시켜 구두 고치는 연장 일습과 재료 남은 것에다 이불이며 헌 옷가지 해서 한 짐을 동네 아는 가게에다 맡기고는 한 달 기한으로 돈 백 원을 서푼 변으로 취해 오게 하였다.

그 돈 백 원을 가지고 삼복은 흔한 넝마전으로 가서, 백 원 돈이 꼭 차는 한도까지에 양복이란 명색 한 벌과 모자를 샀다. 신발은 부득이 안방 사람의 병정 구두 사 신은 것을 이 다음 창갈이를 거저 해주겠다는 조건으로 닷새만 제 것과 바꾸어 신기로 하였다.

이튿날 아침 느지감치, 새로 장만한 헌 양복 헌 모자에 헌 구두로써 궤짝 멘 신기료 장수보다는 제법 말쑥하여진 차림을 차리고 막 나서려는데, 간밤부터 통통 부어 가지고는 시중도 말대꾸도 잘 아니하던 애꾸쟁이 마누라가 와락 양복 뒷자락을 움켜쥐고 늘어진다.

"바른 대루 대요."

"이게 별안간 미쳤나?"

"요 망난아, 반해 가지군 이럭허구 찾아가는 고년이 어떤 년야? 응?"

"속을 모르거든 밥값을 내지 말랬어, 요 맹추야."

"날 죽이구 가지, 거전 못 가."

"이년아, 너 이랬단, 내 인제 둔 벌문, 증말 첩 얻는다."

"오냐, 잘한다. 날 죽여라, 날……."

"아, 이 우라 주리땔 앵길 년이……."

한 주먹 보기 좋게 갈겨 넘어뜨리고는, 찌부러진 오두막집을 나서 종로로 향을 잡았다.

노예도 노예 이전이면 상전을 선택할 자유를 가지는 수도 있다고.

삼복은 종로서 전차를 내려 동쪽으로 천천히 걸으면서 물색을 하였다. 생김새가 맘씨 좋아 보이고, 여느 병정이 아니라 장교쯤 가는 이라야 할 것이었다.

청년회관 앞에서 담뱃대를 사고 있는 하나가, 몸집이 부대하고, 여느 병정은 아닌 듯하고, 얼굴이 자못 선량하여 보이는 게 선뜻 마음에 들었다. 구경하는 체하고 넌지시 그 옆으로 가섰다.

미국 장교는 담뱃대를 집어 들고 기물스러워하면서 연방 들여다보다가 값이 얼마냐고,

"하우 머취? 하우 머취?"

하고 묻는다.

담뱃대 장수 영감은, 삼십 원이라고 소래기만 지른다.

알아들을 턱이 없어 고개를 깨웃거리면서 다시금 하우 머취만 찾는 것을, 기회 좋을시고라고, 삼복이가 나직이,

"더티원."

하여주었다.

홱 돌려다보더니,

"오, 캔 유 스피크?"

하면서 사뭇 그러안을 듯이 반가워하는 양이라니. 아스러지도록 손을 잡고 흔드는 데는 질색할 뻔하였다.

직업이 있느냐고 물었다. 방금 실직하였노라고 대답하였다.

그럼, 내 통역이 되어주겠느냐고 물었다. 그러겠노라고 대답하였다.

이 자리에서 신기료 장수 코삐뚤이 삼복이 미스터 방으로 승차를 하여, S라는 미국 주둔군 소위의 통역이 되었다. 주급 십오 불(이백십 원) 가량의.

거진 매일같이 미스터 방은 S소위를, 낮에는 거리의 구경으로, 밤이면 계집 있는 술집으로 인도하였다.

한 번은 탑골공원의 사리탑을 구경하면서, 얼마나 오랜 것이냐고 S소위가 물었다. 미스터 방은 언젠가, 수천 년 된 것이란 말을 들었기 때문에, 투 따우샌드 이얼스라고 대답하였다.

또 한 번은, 경회루를 구경하면서 무엇 하던 건물이냐고 물었다. 미스터 방은 서슴지 않고,

"킹 듀링크 와인 앤드 딴스 앤드 씽, 위드 땐써."

라고 대답하였다. 임금이 기생 데리고 술 마시고, 춤추고 노래 부르고 하던 집이란 뜻이었다.

내가 보기엔, 조선 여자의 옷이 퍽 아름답고 점잖스럽던데, 어째서 양장들을 하는지 모르겠다고 S소위가 물었다. 미스터 방은 여자들이 서양 사람한테로 시집을 가고파서 그런다고 대

답하였다.

서울역을 비롯하여 거리에 분뇨가 범람한 것을 보고, 혹시 조선 가옥에는 변소가 없느냐고 S소위가 물었다. 미스터 방은, 있기야 집집마다 다 있느니라고 대답하였다.

썩 좋은 조선 그림을 한 장 사고 싶다고 하여서, 문지방 위에다 흔히들 붙이는, 사슴이 불로초를 물고 신선이 앉았고 한 것을 오 원에 한 장 사주었다.

제일 재미있고 유명한 소설이 무엇이냐고 물어서 『추월색』이라고 대답하였고, 그럼 그것을 한 권 사고 싶다고 하여서, 여러 날 사러 다니다 못해 동네 노마네 집의 것을 이 원에 사주었다. 이 밖에도 미스터 방은 S소위에게 조선을 소개한 공로가 여러 가지로 많으나, 대강은 그러하였다.

그 공로에 정비례해서, 미스터 방은 나날이 훌륭하여져 갔다. 8 · 15 이전에 어떤 은행의 중역의 사택이라던 지금의 이 집으로, 현저동 그 집에서 옮아오기는 S소위의 통역이 되는 사흘 후였다. 위아래층을 다 양식 절반 일본식 절반으로 꾸민 호화스런 저택이었다. 정원엔 때마침 단풍과 가을 화초가 아름다웠고, 연못에선 잉어가 뛰놀고 하였다.

시방 주객이 앉아 술을 마시는 방은, 앞은 노대가 딸리고, 햇볕 잘 들고 밝아서, 여러 방 가운데 제일 좋은 방이었다. 그러나 방 안에는 벽에 그림 한 장 붙어 있는 바 아니요, 방에 알맞은 가구 한 벌 놓여 있는 바 아니요, 단지 방일 따름이어서, 싱겁게 넓기만 하였다. 그렇지만 미스터 방은 실내의 장식 같은 것쯤 그다지 관심할 줄을 아직은 몰랐다.

처음엔 식모를 두었다. 그 다음엔 침모를 두었다. 그 다음엔 손심부름할 계집아이를 두었다.

하루에도 방 선생을 찾는 이가 여러 패씩 있었다. 그들의 대개는 자동차를 타고 오고, 인력거짜리도 흔치 않았다. 그렇게 찾아오는 그들은 결단코 빈손으로 오는 법이 드물었다. 좋은 양과자 상자 밑바닥에는 으레껏 따로이 뿌듯한 봉투가 들었곤 하였다.

미스터 방의, 신기료 장수 코삐뚤이 삼복이로부터의 발신 경로란 이렇듯 심히 간단하고 순조로운 것이었었다.

*

주인 미스터 방이 백 주사의 컵에다 술을 따르려고 병을 집어 들다가,

"오이, 기미코."

하고 아래층으로 대고 부른다.

"심부럼 갔어요."

애꾸쟁이 마누라의 꼬챙이 같은 대답.

"안주 어떻게 됐어?"

"글쎄, 안주 시키러 갔어요."

"증종 있지?"

"……."

층계 밟는 소리가 나더니, 퍼머넌트한 머리가 나오고, 좁디좁은 이마에 이어서 애꾸눈이 나오고, 분 바른 얼굴이 나오고, 원피스 입은 커다란 젖통의 가슴이 나오고, 마지막 비단 양말 신은 두리기둥 같은 두 다리가 나오고 한다.

"서 주사가 이거 두구 갑디다."

들고 올라온 각봉투 한 장을 남편에게 건네어준다.

"어디?"

그러면서 받아 봉을 뜯는다. 소절수 한 장이 나온다. 액면 만 원짜리다.

미스터 방은 성을 벌컥 내면서,

"겨우 둔 만 원야?"

하고 소절수를 다다미 바닥에다 홱 내던진다.

"내가 알우?"

"우랄질 자식, 어디 보자. 그래 전, 걸 십만 원에 불하 맡아다 백만 원 하난 냉겨먹을 테문서, 그래 겨우 둔 만 원야? 옘병헐 자식, 내가 엠피(MP)헌테 말 한마디문, 전 어느 지경 갈지 모를 줄 모르구서."

"정종으루 가져와요?"

"내 말 한마디에 죽을 눔이 살아나구, 살 눔이 죽구 허는 줄을 모르구서. 흥, 이 자식 경 좀 쳐봐라…… 증종 따근허게 데와. 날두 산산허구 허니."

새로이 안주가 오고, 따끈한 정종으로 술이 몇 잔 더 오락가락하고 나서였다.

백 주사는 마침내, 진작부터 벼르던 이야기를 꺼내었다.

*

백 주사의 아들 백선봉은, 순사 임명장을 받아 쥐면서부터 시작하여 8 · 15 그 전날까지 칠 년 동안, 세 곳 주재소와 두 곳 경찰서를 전근하여 다니면서, 이백 석 추수의 토지와, 만 원짜리 저금통장과, 만 원어치가 넘는 옷이며 비단과, 역시 만 원어치가 넘는 여편네의 패물과를 장만하였다.

남들은 주린 창자를 졸라맬 때 그의 광에는 옥 같은 정백미가 몇 가마니씩 쌓였고, 반년 일 년을 남들은 구경도 못하는 고기와 생선이 끼니마다 상에 오르지 않는 날이 없었다.

××경찰서의 경제계 주임으로 있던 마지막 이 년 동안은 더욱더 호화판이었다. 8 · 15 그날 밤, 군중이 그의 집을 습격하였을 때에 쏟아져 나온 물건이 쌀말고도,

광목 여섯 통
고무신 스물세 켤레
지까다비 여덟 켤레
빨랫비누 세 궤짝
양말 오십 타
정종 열세 병
설탕 한 부대

이렇게 있었더란다. 만 원어치 여편네의 패물과, 만 원어치의 옷감이며 비단과 만 원짜리 저금통장은 고만두고 말이었다.

물건 하나 없이 죄다 빼앗기고, 집과 세간은 조각도 못 쓰게 산산 다 부서지고, 백선봉은 팔이 부러지고, 첩은 머리가 절반이나 뽑히고, 겨우겨우 목숨만 살아 본집으로 도망해 왔다.

일변 고을에서는 백 주사가 자식이 그런 짓을 해서 산 토지를 가지고 동네 사람한테 거만히 굴고, 작인들한테 팔 할 가까운 도지를 받고, 고리대금을 하고 하였대서, 백선봉이 도망해 와 눕는 그날 밤, 그의 본집인 백 주사의 집을 습격하였다.

집과 세간 죄다 부수고, 백선봉이 보낸 통제 배급 물자 숱한 것 죄다 빼앗기고, 가족들은 죽을 매를 맞고, 백선봉은 처가로, 백 주사는 서울로 각기 피신하여 목숨만 우선 보전하였다.

백 주사는 비싼 여관 밥을 사먹으면서, 울적히 거리를 오락가락, 어떻게 하면 이 분풀이를 할까, 어떻게 하면 빼앗긴 돈과 물건을 도로 다 찾을까 하고 궁리를 하던 것이나, 아무런 묘책도 없었다.

그러자 오늘은 우연히 이 미스터 방을 만났다. 종로를 지향 없이 거니는데, 지나가던 자동차가 스르르 멈추면서, 서양 사람과 같이 탔던 신사 양반 하나가 내려서더니, 어쩌다 눈이 마주치자,

"아, 백 주사 아니신가요?"

하고 반기는 것이었다.

자세히 보니, 무어 길바닥에서 신기료 장수를 한다던 코삐뚤이 삼복이가 분명하였다.

"자네가, 저, 저, 방, 방……."

"네, 삼복입니다."

"아, 건데, 자네가……."

"허, 살 때가 됐답니다."

그러고는 내 집으루 갑시다, 하고 잡아끄는 대로 끌려온 것이었다.

의표하며, 집하며, 식모에 침모에 계집 하인까지 부리면서 사는 것하며, 신수가 훤히 트여 가지고 말도 제법 의젓하여진 것 같은 것이며, 진소위 개천에서 용이 났다고 할 것인지.

옛날의 영화가 꿈이 되고, 일조에 몰락하여 가뜩이나 초상집 개처럼 초라한 자기가 또 한 번 어깨가 옴츠러듦을 느끼지 아

니치 못하였다. 그런데다 이 녀석이, 언제 적 저라고 무엄스럽게 굴어 심히 불쾌하였고, 그래서 엔간히 자리를 털고 일어설 생각이 몇 번이나 나지 아니한 것도 아니었다. 그러나 참았다.

보아하니 큰 세도를 부리는 것이 분명하였다. 잘만 하면 그 힘을 빌려 분풀이와 빼앗긴 재물을 도로 찾을 여망이 있을 듯 싶었다. 분풀이를 하고, 더구나 재물을 도로 찾고 하는 것이라면야 코삐뚤이 삼복이는 말고, 그보다 더한 놈한테라도 머리 숙이는 것쯤 상관할 바 아니었다.

*

"그러니, 여보게 미씨다 방……."

있는 말 없는 말 보태가며 일장 경과 설명을 한 후에, 백 주사는 끝을 맺기를,

"어쨌든지 그놈들을 말이네, 그놈들을 한 놈 냉기지 말구섬 죄다 붙잡아다가 말이네, 괴수 놈들일랑 목을 썰어 죽이구, 다른 놈들일랑 뼉다구가 부러지두룩 두들겨주구. 꿇어앉히구 항복 받구. 그리구 빼앗긴 것 일일이 도루 다 찾구. 집허구 세간 처부신 것 말끔 다 물리구…… 그렇게만 해준다면, 내, 내, 재산 절반 노나주문세, 절반. 응, 여보게 미씨다 방."

"염려 마슈."

미스터 방은 선뜻 쾌한 대답이었다.

"진정인가?"

"머, 지끔 당장이래두, 내 입 한 번만 떨어진다 치면, 기관총 들멘 엠피가 백 명이구 천 명이구 들끓어 내려가서, 들이 쑥밭을 만들어놉니다, 쑥밭을."

"고마우이!"

백 주사는 복수하여지는 광경을 선히 연상하면서, 미스터 방의 손목을 덥석 잡는다.

"백골난망이겠네."

"놈들을 깡그리 죽여놀 테니, 보슈."

"자네라면야 어련하겠나."

"흰말이 아니라 참 이승만 박사두 내 말 한마디면 고만 다 제바리유."

미스터 방은 그러고는 냉수 그릇을 집어 한 모금 물고 꿀쩍꿀쩍 양치를 한다. 웬 버릇인지, 하여간 그는 미스터 방이 된 뒤로, 술을 먹으면서 양치하는 버릇이 생겼다.

양치한 물을 처치하려고 휘휘 둘러보다 일어서서 노대로 성큼성큼 나간다. 노대는 현관 정통 위였다.

미스터 방이 그 걸쭉한 양칫물을 노대 아래로 아낌없이 좍 뱉는 바로 그 순간이었다. 그 순간이 공교롭게도, 마침 그를 찾으러 온 S소위가 현관으로 일단 들어서려다 말고(미스터 방이

노대로 나오는 기척이 들렸기 때문에) 뒤로 서너 걸음 도로 물러나,

"헬로."

부르면서 웃는 얼굴을 쳐드는 순간과 그만 일치가 되었다.

"에구머니!"

놀라 질겁을 하였으나 이미 뱉어진 양칫물은 퀴퀴한 냄새와 더불어 백절폭포로 내리쏟아져, 웃으면서 쳐드는 S소위의 얼굴 정통에 가 좌르르.

"유 데빌!"

이 기급할 자식이라고, S소위는 주먹질을 하면서 고함을 질렀고. 그 주먹이 쳐든 채 그대로 있다가, 일변 허둥지둥 버선발로 뛰쳐나와 손바닥을 싹싹 비비는 미스터 방의 턱을,

"상놈의 자식!"

하면서 철컥, 어퍼컷으로 한 대 갈겼더라고.

〈1946〉

:이효석

(李孝石 : 1907~1942)

● 강원도 평창 출생.

● 자연과의 교감을 수필적인 필체로 유려하게 묘사한 작품들을 발표했고, 1936년에는 한국 단편문학의 전형적인 수작이라고 할 수 있는 「메밀꽃 필 무렵」을 발표하였다.

주요 작품으로는 「산」「들」「메밀꽃 필 무렵」「장미 병들다」『화분』 등이 있다.

산

1

나무하던 손을 쉬고 중실은 발밑의 깨금나무 포기를 들쳤다. 지천으로 떨어지는 깨금알이 손안에 오르르 들었다. 익을 대로 익은 제철의 열매가 어금니 사이에서 오도독 두 쪽으로 갈라졌다.

돌을 집어 던지면 깨금알같이 오도독 깨어질 듯한 맑은 하늘. 물고기 등같이 푸르다. 높게 뜬 조각 구름 떼가 해변에 뿌려진 조개껍질같이 유난스럽게도 한편에 옹졸봉졸 몰려들었다.

높은 산등이라 하늘이 가까우련만 마을에서 볼 때와 일반으로 멀다. 구만 리일까 십만 리일까. 골짜기에서의 생각으로는 산기슭에만 오르면 만져질 듯하던 것이 산허리에 나서면 단번에 구만 리를 내빼는 가을 하늘.

산속의 아침 나절은 졸고 있는 짐승같이 막막은 하나 숨결이 은근하다. 휘엿한 산등은 누워 있는 황소의 등허리요, 바람결도 없는데, 쉴새없이 파르르 나부끼는 사시나무 잎새는 산의 숨소리다. 첫눈에 띄는 하얗게 분장한 자작나무는 산속의 일색. 아무리 단장한대야 사람의 살결이 그렇게 흴 수 있을까. 수북 들어선 나무는 마을의 인총보다도 많고 사람의 성보다도 종자가 흔하다. 고요하게 무럭무럭 걱정 없이 잘들 자란다. 산오리나무, 물오리나무, 가락나무, 참나무, 졸참나무, 박달나무, 사스레나무, 떡갈나무, 피나무, 물가리나무, 싸리나무, 고로쇠나무. 골짜기에는 산사나무, 아그배나무, 갈매나무, 개옻나무, 엄나무. 산등에 간간이 섞여 어느 때나 푸르고 향기로운 소나무, 잣나무, 전나무, 향나무, 노간주나무――걱정 없이 무럭무럭 잘들 자라는――산속은 고요하나 웅성한 아름다운 세상이다. 과실같이 싱싱한 기운과 향기, 나무 향기, 흙 냄새, 하늘 향기. 마을에서는 찾아볼 수 없는 향기다.

낙엽 속에 파묻혀 앉아 깨금을 알뜰히 바수는 중실은, 이제 새삼스럽게 그 향기를 생각하고 나무를 살피고 하늘을 바라보는 것이 아니었다. 그런 것은 한데 합쳐서 몸에 함빡 젖어들어 전신을 가지고 모르는 결에 그것을 느낄 뿐이다. 산과 몸이 빈

틈없이 한데 얼린 것이다. 눈에는 어느 결엔지 푸른 하늘이 물들었고 피부에는 산 냄새가 배었다. 바심할 때의 짚북더기보다도 부드러운 나뭇잎——여러 자 깊이로 쌓이고 쌓인 깨금잎, 가랑잎, 떡갈잎의 부드러운 보료——속에 몸을 파묻고 있으면 몸뚱어리가 마치 땅에서 솟아난 한 포기의 나무와도 같은 느낌이다. 소나무, 참나무, 총중의 한 대의 나무다. 두 발은 뿌리요, 두 팔은 가지다. 살을 베면 피 대신에 나뭇진이 흐를 듯하다. 잠자코 섰는 나무들의 주고받는 은근한 말을, 나뭇가지의 고갯짓하는 뜻을, 나뭇잎의 소곤거리는 속심을 총중의 한 포기로써 넉넉히 짐작할 수 있다. 해가 쪼일 때에 즐겨하고, 바람 불 때 농탕치고, 날 흐릴 때 얼굴을 찡그리는 나무들의 풍속과 비밀을 역력히 번역해 낼 수 있다. 몸은 한 포기의 나무다.

별안간 부드득 솟아오르는 힘을 느끼고 중실은 벌떡 뛰어 일어났다. 쭉 펴는 네 활개에 힘이 뻗쳐 금시에 그대로 하늘에라도 오를 듯싶다. 넘치는 힘을 보낼 곳 없어 할 수 없이 입을 크게 벌리고 하늘이 울려라 고함을 쳤다. 땅에서 솟는 산 정기의 힘찬 단순한 목소리다.

산이 대답하고 나뭇가지가 고갯짓한다. 또 하나 그 소리에 대답한 것은 맞은편 산허리에서 불시에 푸드득 날아 뜨는 한 자웅의 꿩이었다. 살진 까투리의 꽁지를 물고 나는 장끼의 오색 날개가 맑은 하늘에 찬란하게 빛났다.

살진 꿩을 보고 중실은 문득 배가 허출함을 깨달았다. 아래편 골짜기 개울 옆에 간직하여 둔 노루 고기와 가랑잎에 싸둔 개꿀이 있음을 생각하고 다시 낫을 집어 들었다.

첫참 때까지에는 한 짐은 재워놓아야 파장되기 전에 읍내에 다다르겠고, 팔아 가지고는 어둡기 전에 다시 산으로 돌아와야 할 것이다. 한참 쉰 뒤라 팔에는 기운이 남았다. 버스럭거리는 나뭇잎 소리가 품안에 요란하고 맑은 기운이 몸을 한바탕 멱감긴 것 같다. 산은 마을보다 몇 갑절 살기 좋은가. 산에 들어오기를 잘했다고 중실은 생각하였다.

2

세상에 머슴살이같이 잇속 적은 생업은 없다.

싸울래 싸운 것이 아니라 김 영감 편에서 투정을 건 셈이다. 지금 와보면 처음부터 쫓아낼 의사였던 것이 확실하다. 중실은 머슴 산 지 십팔 년에 아무것도 쥔 것 없이 맨주먹으로 살던 집을 쫓겨났다. 원통은 하였으나 애통하지는 않았다.

해마다 사경을 또박또박 받아본 일 없다. 옷 한 벌 버젓하게 얻어 입은 적 없다. 명절에는 놀이할 돈도 푼푼이 없이 늘 개보름 쇠듯 하였다. 장가 들이고 집 사고 살림을 내준다던 것도 헛

소리였다. 첩을 건드렸다는 생뚱 같은 다짐이었으나, 그것은 처음부터 계책한 억지요 졸색의 등글개 따위에는 손댈 염도 없었던 것이다. 빨래하러 갔던 첩과 동구 밖에서 마주쳐 나뭇짐을 지고 앞서고 뒤서서 돌아왔다고 의심받을 법은 없다. 첩과 수상한 놈팡이는 도리어 다른 곳에 있는 것을, 애매한 중실에게 엉뚱한 분풀이가 돌아온 셈이었다. 가살스런 첩의 행실을 휘어잡지 못하고 늘그막판에 속태우는 영감의 신세가 하기는 가엾기는 하다. 더욱 얼크러질 앞날을 생각하고 중실은 차라리 하직하고 나온 것이었다.

넓은 하늘 밑에서도 갈 곳이 없다. 제일 친한 곳이 늘 나무하러 가던 산이었다. 짚북더기보다도 부드러운 두툼한 나뭇잎의 맛이 생각났다. 그 넓은 세상은 사람을 배반할 것 같지는 않았다. 빈 지게만을 짊어지고 산으로 들어갔다. 그 속에서 얼마 동안이나 견딜 수 있을까가 한 시험도 되었다.

박중골에서도 오 리나 들어간, 마을과 사람과는 인연이 먼 산협이다. 산등이 펑퍼짐하고 양지쪽에 해가 잘 쬐고, 골짜기에 개울이 흐르고, 개울가에 나무 열매가 지천으로 열려 있는 곳이다. 양지쪽에서는 나무하러 왔다 낮잠을 잔 적도 여러 번이었다. 개울가에 불을 피우고 밭에서 뜯어온 옥수수 이삭을 구웠다. 수풀 속에서 찾은 으름과 나뭇가지에 익어 시든 아그배와 산사로 배가 불렀다. 나뭇잎을 모아 그 속에 푹 파고든 잠

자리도 그다지 춥지는 않았다.

이튿날 산을 헤매다가 공교롭게도 주영나무 가지에 야트막하게 달린 벌집을 찾아냈다. 담배 연기를 피워 벌 떼를 어지러뜨리고 감쪽같이 집을 들어냈다. 속에는 맑은 꿀이 차 있었다. 사람은 살라고 마련인 듯싶었다. 꿀은 조금으로도 요기가 되었다. 개와 함께 여러 날 양식이 되었다.

꿀이 다 떨어지지도 않은 그저께 밤에는 맞은편 심산에 산불이 보였다. 백일홍같이 새빨간 불꽃이 어둠 속 가깝게 솟아올랐다. 낮부터 타기 시작한 것이 밤에 들어가서 겨우 알려진 것이다. 누에에게 먹히는 뽕잎같이 아물아물 해어지는 것 같으나, 기실은 한자리에서 아롱아롱 타는 것이었다. 아귀의 혀끝같이 널름거리는 불꽃이 세상에도 아름다웠다. 울밑의 꽃보다도 비단결보다도 무지개보다도 맨드라미보다도 곱고 장하다.

중실은 알 수 없이 신이 나서 몽둥이를 들고 산등을 따라 오르고 골짜기를 건너 불붙는 곳으로 끌려 들어갔다. 가깝게 보이던 것과는 딴판으로 꽤 멀었다. 불은 산등에서 산등으로 둘러붙어 골짜기로 타 내려갔다. 화기가 확확 튀어 가까이 갈 수 없었다. 후끈후끈 무더웠다. 나무 뿌리가 탁탁 튀며 땅이 쨍쨍 울렸다. 민출한 자작나무는 가지가지에 불이 피어 올라 한 포기의 산호수 같은 불나무로 변하였다. 헛되이 타는 모두가 아까웠다. 중실은 어쩌는 수 없이 몽둥이를 쓸데없이 휘두르며

불 테두리를 빙빙 돌 뿐이었다. 불은 힘에 부치는 것이었다. 확실히 간 보람은 있었다. 그을린 노루 한 마리를 얻은 것이었다. 불 테두리를 뚫고 나오지 못한 노루는 산골짜기에서 뱅뱅 돌다 결국 불벼락을 맞은 것이다. 물론 그것을 얻을 때는 불도 거의 다 탄 새벽녘이었으나, 외로운 짐승이 몹시 가여웠다. 그러나 이미 죽은 후의 고기라 중실은 그것을 짊어지고 산으로 돌아갔다. 사람을 살리자는 신의 뜻이라고 비위 좋게 생각하면 그만이었다. 여러 날 동안의 흐뭇한 양식이 되었다. 다만 한 가지 그리운 것이 있었다. 짠맛——소금이었다. 사람은 그립지 않으나 소금이 그리웠다. 그것을 얻자는 생각으로만 마을이 그리웠다.

3

힘 자라는 데까지 졌다.

이십 리 길을 부지런히 걸으려니 잔등에 땀이 내배었다. 걸음을 따라 나뭇짐이 휘청휘청 앞으로 휘었다.

간신히 파장 전에 대었다.

나무를 판 때의 마음이 이날같이 즐거운 적은 없었다. 물건을 산 때의 마음도 이날같이 즐거운 적은 없었다. 그것은 가장 필요한 물건이기 때문이다.

나무 판 돈으로 중실은 감자 말과 좁쌀 되와 소금과 냄비를 샀다. 산속의 호젓한 살림에는 이것으로 족하리라고 생각되었다. 목숨을 이어가는 데 해어海魚쯤이 없으면 어떨까도 생각되었다.

올 때보다 짐이 단출하여 지게가 가벼웠다. 거리의 살림은 전과 다름없이 어수선하고 지지부레하였다. 더 나아진 것도 없으려니와 못해진 것도 없다. 술집 골방에서 왁자지껄하고 싸우는 것도 전과 다름없다.

이상스러운 것은 그런 거리의 살림살이가 도무지 마음을 당기지 않는 것이다. 앙상한 사람들의 얼굴이 그다지 그리운 것이 아니었다.

무슨 까닭으로 산이 이렇게도 그리울까. 편벽된 마음을 의심도 하여보았다. 그러나 별로 이치도 없었다. 덮어놓고 양지쪽이 좋고, 자작나무가 눈에 들고, 떡갈잎이 마음을 끄는 것이다. 평생 산에서 살도록 태어났는지도 모른다.

김 영감의 그후의 소식은 물어낼 필요도 없었으나 거리에서 만난 박 서방 입에서 우연히 한 구절 얻어 듣게 되었다.

병든 등글개 첩은 기어코 김 영감의 눈을 감춰 최 서기와 줄행랑을 놓았다. 종적을 수색 중이나 아직도 오리무중이라 한다.

사랑방에서 고시랑고시랑 잠을 못 이룰 육십 노인의 꼴이 측

은하게 눈에 떠올랐다. 애매한 머슴을 내쫓았음을 뉘우치리라고도 생각되었다. 그러나 중실에게는 물론 다시 살러 들어갈 뜻도, 노인을 위로하고 싶은 친절도 가지기 싫었다.

다만 거리의 살림살이라는 것이 더한층 어수선하게 여겨질 뿐이었다. 산으로 향하는 저녁길이 한결 개운하다.

4

개울가에 냄비를 걸고 서투른 솜씨로 지은 저녁을 마쳤을 때에는 밤이 적이 어두웠다.

깊은 하늘에 별이 총총 돋고 초승달이 나뭇가지를 올가미 지웠다.

새들도 깃들이고 바람도 자고 개울물만이 쫄쫄쫄쫄 숨쉰다. 검은 산등은 잠든 황소다.

등걸불이 탁탁 튄다. 나뭇잎 타는 냄새가 몸을 휩싸며 구수하다. 불을 쬐며 담배를 피우니 몸이 훈훈하다. 더 바랄 것 없이 마음이 만족스럽다.

한 가지 욕심이 솟아올랐다.

밥짓는 일이란 머슴의 할일이 못 된다. 사내 자식은 역시 밭갈고 나무하는 것이 옳은

것이다. 장가를 들려면 이웃집 용녀만한 색시는 없다. 용녀를 데려다 밥일을 맡길 수밖에는 없다고 생각하였다.

용녀를 생각만 하여도 즐겁다. 궁리가 차례차례 솔솔 풀렸다.

굵은 나무를 베어다 껍질째 토막을 내 양지쪽에 쌓아 올려 단칸의 조촐한 오두막을 짓겠다. 펑퍼짐한 산허리를 일궈 밭을 만들고 봄부터 감자와 귀리를 갈 작정이다. 오랍뜰에 우리를 세우고 염소와 돼지와 닭을 칠 터. 산에서 노루를 산 채로 붙들면 우리 속에 같이 기르고 용녀가 집일을 하는 동안에 밭을 가꾸고 나무를 할 것이며, 아이를 낳으면 소같이 산같이 튼튼하게 자라렷다. 용녀가 만약 말을 안 들으면 밤중에 내려가 가만히 업어 올걸. 한번 산에만 들어오면 별수없지——

불이 거의거의 아스러지고 물소리가 더한층 맑다.

별들이 어지럽게 깜빡거렸다.

달이 다른 나뭇가지에 걸렸다.

나머지 등걸불을 발로 비벼 끄니 골짜기는 더한층 막막하다.

어느만 때인지 산속에서는 때도 분별할 수 없다.

자기가 이른지 늦은지도 모르면서 나무 밑 잠자리로 향하였다.

낟가리같이 두두룩하게 쌓인 낙엽 속에 몸을 송두리째 파묻고 얼굴만을 빼꼼히 내놓았다.

몸이 차차 푸근하여 온다.

하늘의 별이 와르르 얼굴 위에 쏟아질 듯싶게 가까웠다 멀어졌다 한다.

별 하나 나 하나, 별 둘 나 둘, 별 셋 나——

어느 결엔지 별을 세고 있었다. 눈이 아물아물하고 입이 뒤바뀌어 수효가 틀려지면서 다시 목소리를 높여 처음부터 고쳐 세곤 하였다.

별 하나 나 하나, 별 둘 나 둘, 별 셋 나 셋——

세는 동안에 중실은 제 몸이 스스로 별이 됨을 느꼈다.

〈1936〉

메밀꽃 필 무렵

여름 장이란 애시당초에 글러서, 해는 아직 중천에 있건만 장판은 벌써 쓸쓸하고 더운 햇발이 벌여놓은 전 휘장 밑으로 등줄기를 훅훅 볶는다. 마을 사람들은 거의 돌아간 뒤요, 팔리지 못한 나무꾼 패가 길거리에 궁싯거리고들 있으나, 석유 병이나 받고 고깃마리나 사면 족할 이 축들을 바라고 언제까지든지 버티고 있을 법은 없다. 칩칩스럽게 날아드는 파리 떼도 장난꾼 각다귀들도 귀찮다. 얼금뱅이요 왼손잡이인 드팀전의 허 생원은 기어이 동업의 조 선달을 나꾸어보았다.

"그만 거둘까?"

"잘 생각했네. 봉평 장에서 한 번이나 흐뭇하게 사본 일 있었을까? 내일 대화 장에서나 한몫 벌어야겠네."

"오늘 밤은 밤을 새서 걸어야 될걸."

"달이 뜨렷다."

절렁절렁 소리를 내며 조 선달이 그날 번 돈을 따지는 것을 보고 허 생원은 말뚝에서 넓은 휘장을 걷고 벌여놓았던 물건을 거두기 시작하였다. 무명 필과 주단 바리가 두 고리짝에 꼭 찼다. 멍석 위에는 천 조각이 어수선하게 남았다.

다른 축들도 벌써 거의 전들을 걷고 있었다. 약바르게 떠나는 패도 있었다. 어물장수도, 땜장이도, 엿장수도, 생강장수도, 꼴들이 보이지 않았다. 내일은 진부와 대화에 장이 선다. 축들은 그 어느쪽으로든지 밤을 새며 육칠십 리 밤길을 타박거리지 않으면 안 된다. 장판은 잔치 뒤 마당같이 어수선하게 벌어지고, 술집에서는 싸움이 터져 있었다. 주정꾼 욕지거리에 섞여 계집의 앙칼진 목소리가 찢어졌다. 장날 저녁은 정해놓고 계집의 고함 소리로 시작되는 것이다.

"생원, 시침을 떼두 다 아네. …… 충줏집 말야."

계집 목소리로 문득 생각난 듯이 조 선달은 비죽이 웃는다.

"화중지병이지. 연소패들을 적수로 하구야 대거리가 돼야 말이지."

"그렇지두 않을걸. 축들이 사족을 못 쓰는 것두 사실은 사실이나, 아무리 그렇다군 해두 왜 그 동이 말일세. 감쪽같이 충줏집을 후린 눈치거든."

"무어, 그 애숭이가? 물건 가지구 낚았나 부지. 착실한 녀석인 줄 알았더니."

"그 길만은 알 수 있나. ……궁리 말구 가보세나그려. 내 한턱 씀세."

그다지 마음이 당기지 않는 것을 쫓아갔다. 허 생원은 계집과는 연분이 멀었다. 얼금뱅이 상판을 쳐들고 대어설 숫기도 없었으나, 계집 편에서 정을 보낸 적도 없었고 쓸쓸하고 뒤틀린 반생이었다. 충줏집을 생각만 하여도 철없이 얼굴이 붉어지고 발밑이 떨리고 그 자리에 소스라쳐버린다. 충줏집 문을 들어서 술좌석에서 짜장 동이를 만났을 때에는 어찌된 서슬엔지 발끈 화가 나버렸다. 상 위에 붉은 얼굴을 쳐들고 제법 계집과 농탕 치는 것을 보고서야 견딜 수 없었던 것이다. 녀석이 제법 난질꾼인데 꼴사납다. 머리에 피도 안 마른 녀석이 낮부터 술 처먹고 계집과 농탕이야. 장돌뱅이 망신만 시키고 돌아다니누나. 그 꼴에 우리들과 한몫 보자는 셈이지. 동이 앞에 막아서면서부터 책망이었다. 걱정두 팔자요 하는 듯이 빤히 쳐다보는 상기된 눈망울에 부딪칠 때, 결김에 따귀를 하나 갈겨주지 않고는 배길 수 없었다. 동이도 화를 쓰고 팩하게 일어서기는 하였으나, 허 생원은 조금도 동색하는 법 없이 마음 먹은 대로는 다 지껄였다――어디서 주워먹은 선머슴인지는 모르겠으나 네게도 아비 어미 있겠지. 그 사나운 꼴 보면 맘 좋겠다. 장사란 탐

탁하게 해야 되지, 계집이 다 무어야. 나가거라, 냉큼 꼴 치워.

그러나 한마디도 대거리하지 않고 하염없이 나가는 꼴을 보려니 도리어 측은히 여겨졌다. 아직두 서름서름한 사인데 너무 과하지 않았을까 하고 마음이 섬뜩해졌다. 주제도 넘지, 같은 술손님이면서도 아무리 젊다고 자식 낳게 된 것을 붙들고 치고 닦아 셀 것은 무어야 원. 충줏집은 입술을 쫑긋하고 술 붓는 솜씨도 거칠었으나, 젊은 애들한테는 그것이 약이 된다고 하고 그 자리는 조 선달이 얼버무려 넘겼다.

너 녀석한테 반했지? 애숭이를 빨면 죄 된다. 한참 법석을 친 후이다. 담도 생긴데다가 웬일인지 흠뻑 취해보고 싶은 생각도 있어서 허 생원은 주는 술잔이면 거의 다 들이켰다. 거나해짐을 따라 계집 생각보다도 동이의 뒷일이 한결같이 궁금해졌다. 내 꼴에 계집을 가로채서는 어떡할 작정이었누 하고, 어리석은 꼬락서니를 모질게 책망하는 마음도 한편에 있었다. 그렇기 때문에 얼마나 지난 뒤인지 동이가 헐레벌떡거리며 황급히 부르러 왔을 때에는, 마시던 잔을 그 자리에 던지고 정신없이 허덕이며 충줏집을 뛰어나간 것이었다.

"생원 당나귀가 바를 끊구 야단이에요."

"각다귀들 장난이지, 필연코."

짐승도 짐승이려니와 동이의 마음씨가 가슴을 울렸다. 뒤를 따라 장판을 달음질하려니 거슴츠레한 눈이 뜨거워질 것 같다.

"부락스런 녀석들이라 어쩌는 수 있어야죠.."

"나귀를 몹시 구는 녀석들은 그냥 두지는 않을걸."

반평생을 같이 지내온 짐승이었다. 같은 주막에서 잠자고 같은 달빛에 젖으면서 장에서 장으로 걸어다니는 동안에 이십 년의 세월이 사람과 짐승을 함께 늙게 하였다. 가스러진 목뒤 털은 주인의 머리털과도 같이 바스러지고, 개진개진 젖은 눈은 주인의 눈과 같이 눈곱을 흘렸다. 몽당비처럼 짧게 슬리운 꼬리는 파리를 쫓으려고 기껏 휘저어보아야 벌써 다리까지는 닿지 않았다. 닳아 없어진 굽을 몇 번이나 도려내고 새 철을 신겼는지 모른다. 굽은 벌써 더 자라나기는 틀렸고 닳아버린 철 사이로는 피가 빼짓이 흘렀다. 냄새만 맡고도 주인을 분간하였다. 호소하는 목소리로 야단스럽게 울며 반겨한다.

어린아이를 달래듯이 목덜미를 어루만져주니 나귀는 코를 벌름거리고 입을 투르르거렸다. 콧물이 튀었다. 허 생원은 짐승 때문에 속도 무던히는 썩였다. 아이들의 장난이 심한 눈치여서, 땀 밴 몸뚱어리가 부들부들 떨리고 좀체 흥분이 식지 않는 모양이었다. 굴레가 벗어지고 안장도 떨어졌다. 요 몹쓸 자식들, 하고 허 생원은 호령을 하였으나, 패들은 벌써 줄행랑을 논 뒤요, 몇 남지 않은 아이들이 호령에 놀라 비슬비슬 멀어졌다.

"우리들 장난이 아니우. 암놈을 보고 저 혼자 발광이지."

코흘리개 한 녀석이 멀리서 소리를 쳤다.

"고 녀석 말투가……."

"김 첨지 당나귀가 가버리니까 온통 흙을 차고 거품을 흘리면서 미친 소갈이 날뛰는걸. 꼴이 우스워 우리는 보고만 있었다오. 배를 좀 보지."

아이는 앙돌아진 투로 소리를 치며 깔깔 웃었다. 허 생원은 모르는 결에 낯이 뜨거워졌다. 뭇 시선을 막으려고 그는 짐승의 배 앞을 가리워 서지 않으면 안 되었다.

"늙은 주제에 암샘을 내는 셈야. 저놈의 짐승이."

아이의 웃음소리에 허 생원은 주춤하면서 기어이 견딜 수 없어 채찍을 들더니 아이를 쫓았다.

"쫓으려거든 쫓아보지. 왼손잡이가 사람을 때려."

줄달음에 달아나는 각다귀에는 당하는 재주가 없었다. 왼손잡이는 아이 하나도 후릴 수 없다. 그만 채찍을 던졌다. 술기도 돌아 몸이 유난스럽게 화끈거렸다.

"그만 떠나세. 녀석들과 어울리다가는 한이 없어. 장판의 각다귀들이란 어른보다도 더 무서운 것들인걸."

조 선달과 동이는 각각 제 나귀에 안장을 얹고 짐을 싣기 시작하였다. 해가 꽤 많이 기울어진 모양이었다.

드팀전 장돌이를 시작한 지 이십 년이나 되어도 허 생원은 봉평 장을 빼논 적은 드물었다. 충주, 제천 등의 이웃 군에도 가고, 멀리 영남 지방도 헤매기는 하였으나 강릉쯤에 물건 하러 가는 외에는 처음부터 끝까지 군내를 돌아다녔다. 닷새만큼씩의 장날에는 달보다도 확실하게 면에서 면으로 건너간다. 고향이 청주라고 자랑삼아 말하였으나 고향에 돌보러 간 일도 있는 것 같지는 않았다. 장에서 장으로 가는 길의 아름다운 강산이 그대로 그에게는 그리운 고향이었다. 반날 동안이나 뚜벅뚜벅 걷고 장터 있는 마을에 거의 가까웠을 때 지친 나귀가 한바탕 우렁차게 울면——더구나 그것이 저녁녘이어서 등불들이 어둠 속에 깜박거릴 무렵이면 늘 당하는 것이건만 허 생원은 변치 않고 언제든지 가슴이 뛰놀았다.

젊은 시절에는 알뜰하게 벌어 돈푼이나 모아둔 적도 있기는 있었으나, 읍내에 백중이 열린 해 호탕스럽게 놀고 투전을 하고 하여 사흘 동안에 다 털어버렸다. 나귀까지 팔게 된 판이었으나 애끊는 정분에 그것만은 이를 물고 단념하였다. 결국 도로아미타불로 장돌이를 다시 시작할 수밖에 없었다. 짐승을 데리고 읍내를 도망해 나왔을 때에는 너를 팔지 않기 다행이었다고 길가에서 울면서 짐승의 등을 어루만졌던 것이었다. 빚을 지기 시작하니 재산을 모을 염은 당초에 틀리고 간신히 입에 풀칠을 하러 장에서 장으로 돌아다니게 되었다.

호탕스럽게 놀았다고는 하여도 계집 하나 후려보지는 못하였다. 계집이란 쌀쌀하고 매정한 것이었다. 평생 인연이 없는 것이라고 신세가 서글퍼졌다. 일신에 가까운 것이라고는 언제나 변함없는 한 필의 당나귀였다.

그렇다고는 하여도 꼭 한 번의 첫일을 잊을 수는 없었다. 뒤에도 처음에도 없는 단 한 번의 괴이한 인연! 봉평에 다니기 시작한 젊은 시절의 일이었으나 그것을 생각할 적만은 그도 산 보람을 느꼈다.

"달밤이었으나 어떻게 해서 그렇게 됐는지 지금 생각해두 도무지 알 수 없어."

허 생원은 오늘 밤도 또 그 이야기를 끄집어내려는 것이다. 조 선달은 친구가 된 이래 귀에 못이 박히도록 들어왔다. 그렇다고 싫증을 낼 수도 없었으나 허 생원은 시치미를 떼고 되풀이할 대로는 되풀이하고야 말았다.

"달밤에는 그런 이야기가 격에 맞거든."

조 선달 편을 바라는 보았으나 물론 미안해서가 아니라 달빛에 감동하여서였다. 이지러는 졌으나 보름을 갓 지난 달은 부드러운 빛을 흐뭇이 흘리고 있다.

대화까지는 팔십 리의 밤길, 고개를 둘이나 넘고 개울을 하나 건너고 벌판과 산길을 걸어야 된다. 길은 지금 긴 산허리에 걸려 있다. 밤중을 지난 무렵인지 죽은 듯이 고요한 속에서 짐승 같은 달의 숨소리가 손에 잡힐 듯이 들리며 콩 포기와 옥수수 잎새가 한층 달에 푸르게 젖었다. 산허리는 온통 메밀밭이

어서 피기 시작한 꽃이 소금을 뿌린 듯이 흐뭇한 달빛에 숨이 막힐 지경이다. 붉은 대궁이 향기같이 애잔하고 나귀들의 걸음도 시원하다.

길이 좁은 까닭에 세 사람은 나귀를 타고 외줄로 늘어섰다. 방울 소리가 시원스럽게 딸랑딸랑 메밀밭께로 흘러간다. 앞장 선 허 생원의 이야기 소리는 꽁무니에 선 동이에게는 확실히는 안 들렸으나, 그는 그대로 개운한 제멋에 적적하지는 않았다.

"장 선 꼭 이런 날 밤이었네. 객줏집 토방이란 무더워서 잠이 들어야지. 밤중은 돼서 혼자 일어나 개울가에 목욕하러 나갔지. 봉평은 지금이나 그제나 마찬가지지. 보이는 곳마다 메밀밭이어서 개울가가 어디 없이 하얀 꽃이야. 돌밭에 벗어도 좋을 것을, 달이 너무나 밝은 까닭에 옷을 벗으러 물방앗간으로 들어가지 않았나. 이상한 일도 많지. 거기서 난데없는 성 서방네 처녀와 마주쳤단 말이네. 봉평서야 제일가는 일색이었지——팔자에 있었나 부지."

아무렴, 하고 응답하면서 말머리를 아끼는 듯이 한참이나 담배를 빨 뿐이었다. 구수한 자줏빛 연기가 밤 기운 속에 흘러서는 녹았다.

"날 기다린 것은 아니었으나 그렇다고 달리 기다리는 놈팽이가 있는 것두 아니었네. 처녀는 울고 있단 말야. 짐작은 대고 있으나 성 서방네는 한창 어려워서 들고날 판인 때였지. 한집

안 일이니 딸에겐들 걱정이 없을 리 있겠나. 좋은 데만 있으면 시집도 보내련만 시집은 죽어도 싫다지. 그러나 처녀란 울 때 같이 정을 끄는 때가 있을까! 처음에는 놀라기도 한 눈치였으나 걱정 있을 때는 누그러지기도 쉬운 듯해서 이럭저럭 이야기가 되었네…… 생각하면 무섭고도 기막힌 밤이었어."

"제천인지로 줄행랑을 놓은 건 그 다음날이렷다."

"다음 장도막에는 벌써 온 집안이 사라진 뒤였네. 장판은 소문에 발끈 뒤집혀 고작해야 술집에 팔려가기가 상수라고 처녀의 뒷공론이 자자들 하단 말이야. 제천 장판을 몇 번이나 뒤졌겠나. 허나 처녀의 꼴은 찡 궈먹은 자리야. 첫날밤이 마지막 밤이었지. 그때부터 봉평이 마음에 든 것이 반평생을 두고 다니게 되었네. 반평생인들 잊을 수 있겠나."

"수 좋았지. 그렇게 신통한 일이란 쉽지 않어. 항용 못난 것 얻어 새끼 낳고 걱정 늘고 생각만 해두 진저리가 나지…… 그러나 늘그막바지까지 장돌뱅이로 지내기도 힘드는 노릇 아닌가. 난 가을까지만 하구 이 생계와도 하직하려네. 대화쯤에 조그만 전방이나 하나 벌이구 식구들을 부르겠어. 사시장철 뚜벅뚜벅 걷기란 여간이래야지."

"옛 처녀나 만나면 같이나 살까…… 난 거꾸러질 때까지 이 길 걷고 저 달 볼 테야."

산길을 벗어나니 큰길로 틔어졌다. 꽁무니의 동이도 앞으로 나서 나귀들은 가로 늘어섰다.

"총각두 젊겠다, 지금이 한창 시절이렷다, 충줏집에서는 그만 실수를 해서 그 꼴이 되었으나 섧게 생각 말게."

"처, 천만에요. 되려 부끄러워요. 계집이란 지금 웬 제격인가요. 자나깨나 어머니 생각뿐인데요."

허 생원의 이야기로 실심해 한 끝이라 동이의 어조는 한풀 수그러진 것이었다.

"아비 어미란 말에 가슴이 터지는 것도 같았으나 제겐 아버지가 없어요. 피붙이라고는 어머니 하나뿐인걸요."

"돌아가셨나?"

"당초부터 없어요."

"그런 법이 세상에……."

생원과 선달이 야단스럽게 껄껄들 웃으니 동이는 정색하고 우길 수밖에는 없었다.

"부끄러워서 말하지 않으려 했으나 정말예요. 제천 촌에서 달도 차지 않은 아이를 낳고 어머니는 집을 쫓겨났죠. 우스운 이야기나, 그렇기 때문에 지금까지 아버지 얼굴도 본 적 없고 있는 고장도 모르고 지내와요."

고개가 앞에 놓인 까닭에 세 사람은 나귀를 내렸다. 둔덕은 험하고 입을 벌리기도 대견하여 이야기는 한동안 끊겼다. 나귀는 건듯하면 미끄러졌다. 허 생원은 숨이 차 몇 번이고 다리를 쉬지 않으면 안 되었다. 고개를 넘을 때마다 나이가 알렸다. 동이 같은 젊은 축이 그지없이 부러웠다. 땀이 등을 한바탕 쭉 씻어내렸다.

고개 너머는 바로 개울이었다. 장마에 흘러버린 널다리가 아직도 걸리지 않은 채로 있는 까닭에 벗고 건너야 되었다. 고의를 벗어 띠로 등에 얽어매고 반 벌거숭이의 우스꽝스런 꼴로 물 속에 뛰어들었다. 금방 땀을 흘린 뒤였으나 밤 물은 뼈를 찔렀다.

"그래 대체 기르긴 누가 기르구?"

"어머니는 하는 수 없이 의부를 얻어가서 술장사를 시작했죠. 술이 고주래서 의부라고 전 망나니예요. 철 들어서부터 맞기 시작한 것이 하룬들 편한 날이 있었을까? 어머니는 말리다가 채이고 맞고 칼부림을 당하고 하니 집 꼴이 무어겠소. 열여덟 살 때 집을 뛰쳐나서부터 이짓이죠."

"총각 낫세론 동이 무던하다고 생각했더니 듣고 보니 딱한 신세로군."

물은 깊어 허리까지 찼다. 속 물살도 어지간히 센데다가 발에 채이는 돌멩이도 미끄러워 금시에 휩칠 듯하였다. 나귀와 조 선달은 재빨리 거의 건넜으나 동이는 허 생원을 붙드느라고 두 사람은 훨씬 떨어졌다.

"모친의 친정은 원래부터 제천이었던가?"

"웬걸요. 시원스리 말은 안 해주나 봉평이라는 것만은 들었죠."

"봉평? 그래 그 아비 성은 무엇이구?"

"알 수 있나요. 도무지 듣지를 못했으니까."

"그, 그렇겠지."

하고 중얼거리며 흐려지는 눈을 까물까물하다가 허 생원은 경망하게도 발을 빗디뎠다. 앞으로 꼬꾸라지기가 바쁘게 몸째 풍덩 빠져버렸다. 허위적거릴수록 몸을 걷잡을 수 없어 동이가 소리를 치며 가까이 왔을 때에는 벌써 퍽으나 흘렀었다. 옷째 쫄딱 젖으니 물에 젖은 개보다도 참혹한 꼴이었다. 동이는 물 속에서 어른을 해깝게 업을 수 있었다. 젖었다고는 하여도 여윈 몸이라 장정 등에는 오히려 가벼웠다.

"이렇게까지 해서 안됐네. 내 오늘은 정신이 빠진 모양이야."

"염려하실 것 없어요."

"그래 모친은 아비를 찾지는 않는 눈치지?"

"늘 한번 만나고 싶다고는 하는데요."

"지금 어디 계신가?"

"의부와도 갈라져서 제천에 있죠. 가을에는 봉평에 모셔오려고 생각 중인데요. 이를 물고 벌면 이럭저럭 살아갈 수 있겠죠."

"아무렴, 기특한 생각이야. 가을이랬다?"

동이의 탐탁한 등허리가 뼈에 사무쳐 따뜻하다. 물을 다 건넜을 때에는 도리어 서글픈 생각에 좀더 업혔으면도 하였다.

"진종일 실수만 하니 웬일이오? 생원."

조 선달은 바라보며 기어코 웃음이 터졌다.

"나귀야, 나귀 생각하다 실족을 했어. 말 안 했던가? 저 꼴에 제법 새끼를 얻었단 말이지. 읍내 강릉집 피마에게 말일세. 귀를 쫑긋 세우고 달랑달랑 뛰는 것이 나귀 새끼같이 귀여운 것이 있을까? 그것 보러 나는 일부러 읍내를 도는 때가 있다네."

"사람을 물에 빠치울 젠 딴은 대단한 나귀 새끼군!"

허 생원은 젖은 옷을 웬만큼 짜서 입었다. 이가 덜덜 갈리고 가슴이 떨리며 몹시도 추웠으나 마음은 알 수 없이 둥실둥실 가벼웠다.

"주막까지 부지런히들 가세나. 뜰에 불을 피우고 훗훗이 쉬어. 나귀에겐 더운 물을 끓여주고. 내일 대화 장 보고는 제천이다."

"생원도 제천으로……?"

"오래간만에 가보고 싶어. 동행하려나, 동이?"

나귀가 걷기 시작하였을 때 동이의 채찍은 왼손에 있었다. 오랫동안 아둑신이같이 눈이 어둡던 허 생원도 요번만은 동이의 왼손잡이가 눈에 띄지 않을 수 없었다.

걸음도 해깝고 방울 소리가 밤 벌판에 한층 청청하게 울렸다.

달이 어지간히 기울어졌다.

〈1936〉

:이상

(李箱 : 1910~1937)

● 본명 김해경(金海卿). 서울 출생.

● 처녀작으로 시 〈이상한 가역반응(可逆反應)〉 〈파편의 경치〉를 발표하고, 1932년 시 〈건축무한 육면각체(建築無限六面角體)〉를 처음으로 '이상'이라는 이름으로 발표했다.

주요 작품으로는 시 〈오감도〉, 단편소설 「날개」「봉별기」, 수필 「산촌 여정」 등이 있다.

날개

'박제가 되어버린 천재'를 아시오? 나는 유쾌하오. 이런 때 연애까지가 유쾌하오.

육신이 흐느적흐느적하도록 피로했을 때만 정신이 은화처럼 맑소. 니코틴이 내 횟배 앓는 뱃속으로 스미면 머릿속에 으레 백지가 준비되는 법이오. 그 위에다 나는 위트와 파라독스를 바둑 포석처럼 늘어놓소. 가증할 상식의 병이오.

나는 또 여인과 생활을 설계하오. 연애 기법에마저 서먹서먹해진, 지성의 극치를 흘깃 좀 들여다본 일이 있는, 말하자면 일종의 정신 분열자 말이오. 이런 여인의 반——그것은 온갖 것의 반이오——만을 영수하는 생활을 설계한다는 말이오.

그런 생활 속에 한 발만 들여놓고 흡사 두 개의 태양처럼 마주쳐다보면서 낄낄거리는 것이오. 나는 아마 어지간히 인생의 제행諸行이 싱거워서 견딜 수가 없게끔 되고 그만둔 모양이오. 굿바이.

굿바이. 그대는 이따금 그대가 제일 싫어하는 음식을 탐식하는 아이로니를 실천해 보는 것도 좋을 것 같소. 위트와 파라독스와…….

그대 자신을 위조하는 것도 할 만한 일이오. 그대의 작품은 한 번도 본 일이 없는 기성품에 의하여 차라리 경변하고 고매하리다.

19세기는 될 수 있거든 봉쇄하여 버리오. 도스토예프스키 정신이란 자칫하면 낭비인 것 같소. 위고를 불란서의 빵 한 조각이라고는 누가 그랬는지 지언인 듯싶소. 그러나 인생 혹은 그 모형에 있어서 디테일 때문에 속는다거나 해서야 되겠소? 화를 보지 마오. 부디 그대께 고하는 것이니…….

"테이프가 끊어지면 피가 나오. 상채기도 머지않아 완치될 줄 믿소. 굿바이."

감정은 어떤 '포즈'(그 '포즈'의 원소만을 지적하는 것이 아닌지 나도 모르겠소).

그 포—즈가 부동 자세에까지 고도화할 때 감정은 딱 공급을 정지합네다.

나는 내 비범한 발육을 회고하여 세상을 보는 안목을 규정하였소.

여왕봉과 미망인———세상의 하고 많은 여인이 본질적으로 이미 미망인이 아닌 이가 있으리까? 아니! 여인의 전부가 그 일상에 있어서 개개 '미망인'이라는 내 논리가 뜻밖에도 여성에 대한 모독이 되오? 굿바이.

그 33번지라는 것이 구조가 흡사 유곽이라는 느낌이 없지 않다.

한 번지에 18가구가 죽—어깨를 맞대고 늘어서서 창호가 똑같고 아궁이 모양이 똑같다. 게다가 각 가구에 사는 사람들이 송이송이 꽃과 같이 젊다.

해가 들지 않는다. 해가 드는 것을 그들이 모른체하는 까닭이다. 턱살 밑에다 철줄을 매고 얼룩진 이부자리를 널어 말린다는 핑계로 미닫이에 해가 드는 것을 막아버린다. 침침한 방안에서 낮잠들을 잔다. 그들은 밤에는 잠을 자지 않나? 알 수 없다. 나는 밤이나 낮이나 잠만 자느라고 그런 것은 알 길이 없다. 33번지 18가구의 낮은 참 조용하다.

조용한 것은 낮뿐이다. 어둑어둑하면 그들은 이부자리를 걷어들인다. 전등불이 켜진 뒤의 18가구는 낮보다 훨씬 화려하다. 저물도록 미닫이 여닫는 소리가 잦다. 바빠진다. 여러 가지 냄새가 나기 시작한다. 비웃 굽는 내, 탕고도란내, 뜨물내, 비눗내…….

그러나 이런 것들보다도 그들의 문패가 제일로 고개를 끄덕이게 하는 것이다.

이 18가구를 대표하는 대문이라는 것이 일각이 져서 외따로 떨어지기는 했으나 있다. 그러나 그것은 한 번도 닫힌 일이 없는 한길이나 마찬가지 대문인 것이다. 온갖 장사치들은 하루 가운데 어느 시간에라도 이 대문을 통하여 드나들 수가 있는 것이다. 이네들은 문간에서 두부를 사는 것이 아니라, 미닫이만 열고 방에서 두부를 사는 것이다. 이렇게 생긴 33번지 대문에 그들 18가구의 문패를 몰아다 붙이는 것은 의미가 없다. 그들은 어느 사이엔가 각 미닫이 위 백인당이니 길상당이니 써붙인 한결에다 문패를 붙이는 풍속을 가져버렸다.

내 방 미닫이 위 한결에 칼표 딱지를 넷에다 낸 것만한 내――아니! 내 아내의 명함이 붙어 있는 것도 이 풍속을 좇은 것이 아닐 수 없다.

나는 그러나 그들의 아무와도 놀지 않는다. 놀지 않을 뿐만 아니라 인사도 않는다. 나는 내 아내와 인사하는 외에 누구와도 인사하고 싶지 않았다.

내 아내 외의 다른 사람과 인사를 하거나 놀거나 하는 것은 내 아내 낯을 보아 좋지 않은 일인 것만 같이 생각이 들었기 때문이다. 나는 이만큼까지 내 아내를 소중히 생각한 것이다.

내가 이렇게까지 내 아내를 소중히 생각한 까닭은 이 33번지 18가구 가운데서 내 아내가 내 아내의 명함처럼 제일 작고 제일 아름다운 것을 안 까닭이다. 18가구에 각기 벌려들은 송이송이 꽃들 가운데서도 내 아내가 특히 아름다운 한 떨기의 꽃으로 이 함석지붕 밑 볕 안 드는 지역에서 어디까지든지 찬란하였다. 따라서 그런 한 떨기 꽃을 지키고——아니 그 꽃에 매어달려 사는 나라는 존재가 도무지 형언할 수 없는 거북살스러운 존재가 아닐 수 없었던 것은 물론이다.

나는 어디까지든지 내 방이——집이 아니다. 집은 없다——마음에 들었다. 방안의 기온은 내 체온을 위하여 쾌적하였고, 방안의 침침한 정도가 또한 내 안력을 위하여 쾌적하였다. 나는 내 방 이상의 서늘한 방도 또 따뜻한 방도 희망하지 않았다. 이 이상으로 밝거나 이 이상으로 아늑한 방은 원하지 않았다. 내 방은 나 하나를 위하여 요만한 정도를 꾸준히 지키는 것 같아 늘 내 방에 감사하였고, 나는 또 이런 방을 위하여 이 세상에 태어난 것만 같아서 즐거웠다.

그러나 이것은 행복이라든가 불행이라든가 하는 것을 계산하는 것은 아니었다. 말하자면 나는 내가 행복되다고도 생각할 필요가 없었고, 그렇다고 불행하다고도 생각할 필요가 없었다. 그냥 그날그날을 그저 까닭 없이 펀둥펀둥 게으르고만 있으면 만사는 그만이었던 것이다.

내 몸과 마음에 옷처럼 잘 맞는 방 속에서 뒹굴면서 축 처져 있는 것은 행복이니 불행이니 하는 그런 세속적인 계산을 떠난, 가장 편리하고 안일한, 말하자면 절대적인 상태인 것이다. 나는 이런 상태가 좋았다.

이 절대적인 내 방은 대문간에서 세어서 똑 일곱째 칸이다. 럭키 세븐의 뜻이 없지 않다. 나는 이 일곱이라는 숫자를 훈장처럼 사랑하였다. 이런 이 방이 가운데 장지로 말미암아 두 칸으로 나뉘어 있었다는 그것이 내 운명의 상징이었던 것을 누가 알랴?

아랫방은 그래도 해가 든다. 아침결에 책보만한 해가 들었다가 오후에 손수건만해지면서 나가버린다. 해가 영영 들지 않는 윗방이 즉 내 방인 것은 말할 것도 없다. 이렇게 볕드는 방이 아내 방이오, 볕 안 드는 방이 내 방이오 하고 아내와 나 둘 중에 누가 정했는지 나는 기억하지 못한다. 그러나 나에게는 불평이 없다.

아내가 외출만 하면 나는 얼른 아랫방으로 와서 그 동쪽으로 난 들창을 열어놓고, 열어놓으면 들이비치는 햇살이 아내의 화장대를 비춰 가지각색 병들이 아롱이지면서 찬란하게 빛나고, 이렇게 빛나는 것을 보는 것은 다시없는 내 오락이다. 나는 쪼꼬만 돋보기를 꺼내 가지고 아내만이 사용하는 지리가미를 끄슬려가면서 불장난을 하고 논다. 평행 광선을 굴절시켜서 한 초점에 모아 가지고 고 초점이 따끈따끈해지다가, 마지막에는 종이를 끄슬리기 시작하고, 가느다란 연기를 내면서 드디어 구멍을 뚫어놓는 데까지 이르는, 고 얼마 안 되는 동안의 초조한 맛이 죽고 싶을 만큼 내게는 재미있었다.

이 장난이 싫증이 나면 나는 또 아내의 손잡이 거울을 가지고 여러 가지로 논다. 거울이란 제 얼굴을 비칠 때만 실용품이다. 그 외의 경우에는 도무지 장난감인 것이다.

이 장난도 곧 싫증이 난다. 나의 유희심은 육체적인 데서 정신적인 데로 비약한다. 나는 거울을 내던지고 아내의 화장대 앞으로 가까이 가서 나란히 늘어놓인 그 가지각색의 화장품 병들을 들여다본다. 고것들은 세상의 무엇보다도 매력적이다. 나는 그중의 하나만을 골라서 가만히 마개를 빼고 병 구멍을 내 코에 가져다 대고 숨죽이듯이 가벼운 호흡을 하여본다. 이국적

인 센슈얼한 향기가 폐로 스며들면 나는 저절로 스르르 감기는 내 눈을 느낀다. 확실히 아내의 체취의 파편이다. 나는 도로 병마개를 막고 생각해 본다. 아내의 어느 부분에서 요 내음새가 났던가를…… 그러나 그것은 분명하지 않다. 왜? 아내의 체취는 요기 늘어섰는 가지각색 향기의 합계일 것이니까.

아내의 방은 늘 화려하였다. 내 방이 벽에 못 한 개 꽂히지 않은 소박한 것인 반대로, 아내 방에는 천장 밑으로 쫙 돌려 못이 박히고, 못마다 화려한 아내의 치마와 저고리가 걸렸다. 여러 가지 무늬가 보기 좋다. 나는 그 여러 조각의 치마에서 늘 아내의 동체와 그 동체가 될 수 있는 여러 가지 포—즈를 연상하고 연상하면서 내 마음은 늘 점잖지 못하다.

그렇건만 나에게는 옷이 없었다. 아내는 내게는 옷을 주지 않았다. 입고 있는 골덴 양복 한 벌이 내 자리옷이었고 통상복과 나들이옷을 겸한 것이었다. 그리고 하이 넥의 스웨터가 한 조각 사철을 통한 내 내의다. 그것들은 하나같이 다 빛이 검다. 그것은 내 짐작 같아서는 즉 빨래를 될 수 있는 데까지 하지 않아도 보기 싫지 않도록 하기 위한 것이 아닌가 한다. 나는 허리와 두 가랑이 세 군데 다—고무밴드가 끼어 있는 부드러운 사

루마다를 입고 그리고 아무 소리 없이 잘 놀았다.

어느덧 손수건만해졌던 볕이 나갔는데 아내는 외출에서 돌아오지 않는다. 나는 요만 일에도 좀 피곤하였고 또 아내가 돌아오기 전에 내 방으로 가 있어야 될 것을 생각하고 그만 내 방으로 건너간다. 내 방은 침침하다. 나는 이불을 뒤집어쓰고 낮잠을 잔다. 한 번도 걷은 일이 없는 내 이부자리는 내 몸뚱이의 일부분처럼 내게는 참 반갑다. 잠은 잘 오는 적도 있다. 그러나 또 전신이 까칫까칫하면서 영 잠이 오지 않는 적도 있다. 그런 때는 아무 제목으로나 제목을 하나 골라서 연구하였다. 나는 내 좀 축축한 이불 속에서 참 여러 가지 발명도 하였고 논문도 많이 썼다. 시도 많이 지었다. 그러나 그것들은 내가 잠이 드는 것과 동시에 내 방에 담겨서 철철 넘치는 그 흐늑흐늑한 공기에 다—비누처럼 풀어져서 온데간데가 없고, 한잠 자고 깬 나는 속이 무명 헝겊이나 메밀 껍질로 띵띵 찬 한 덩어리 베개와도 같은 한 벌 신경이었을 뿐이고 뿐이고 하였다.

그러기에 나는 빈대가 무엇보다도 싫었다. 그러나 내 방에서는 겨울에도 몇 마리씩의 빈대가 그치지 않고 나왔다. 내게 근심이 있었다면 오직 이 빈대를 미워하는 근심일 것이다. 나는 빈대에게 물려서 가려운 자리를 피가 나도록 긁었다. 쓰라리다. 그것은 그윽한 쾌감에 틀림없었다. 나는 혼곤히 잠이 든다.

나는 그러나 그런 이불 속의 사색 생활에서도 적극적인 것을 궁리하는 법이 없다. 내게는 그럴 필요가 대체 없었다. 만일 내가 그런 좀 적극적인 것을 궁리해 내었을 경우에 나는 반드시 내 아내와 의논하여야 할 것이고, 그러면 반드시 나는 아내에게 꾸지람을 들을 것이고——나는 꾸지람이 무서웠다느니보다도 성가셨다. 내가 제법 한 사람의 사회인의 자격으로 일을 해보는 것도 아내에게 사설 듣는 것도 나는 가장 게으른 동물처럼 게으른 것이 좋았다. 될 수만 있으면 이 무의미한 인간의 탈을 벗어버리고도 싶었다.

나에게는 인간 사회가 스스러웠다. 생활이 스스러웠다. 모두가 서먹서먹할 뿐이었다.

아내는 하루에 두 번 세수를 한다.

나는 하루 한 번도 세수를 하지 않는다.

나는 밤중 세 시나 네 시쯤 해서 변소에 갔다. 달이 밝은 밤에는 한참씩 마당에 우두커니 섰다가 들어오곤 한다. 그러니까 나는 이 18가구의 아무와도 얼굴이 마주치는 일이 거의 없다. 그러면서도 나는 이 18가구의 젊은 여인네 얼굴들을 거반 다 기억하고 있었다. 그들은 하나같이 내 아내만 못하였다.

열한 시쯤 해서 하는 아내의 첫 번 세수는 좀 간단하다. 그러나 저녁 일곱 시쯤 해서 하는 두 번째 세수는 손이 많이 간다. 아내는 낮에보다도 밤에 더 좋고 깨끗한 옷을 입는다. 그리고 낮에도 외출하고 밤에도 외출하였다.

아내에게 직업이 있었던가? 나는 아내의 직업이 무엇인지 알 수 없다. 만일 아내에게 직업이 없었다면 같이, 직업이 없는 나처럼 외출할 필요가 생기지 않을 것인데——아내는 외출한다. 외출할 뿐만 아니라 내객이 많다. 아내에게 내객이 많은 날은 나는 온종일 내 방에서 이불을 쓰고 누워 있어야만 된다.

불장난도 못한다. 화장품 냄새도 못 맡는다. 그런 날은 나는 의식적으로 우울해하였다. 그러면 아내는 나에게 돈을 준다. 오십 전짜리 은화다. 나는 그것이 좋았다. 그러나 그것을 무엇에 써야 옳을지 몰라서 늘 머리맡에 던져두고 두고 한 것이 어느 결에 모여서 꽤 많아졌다. 어느 날 이것을 본 아내는 금고처럼 생긴 벙어리를 사다 준다. 나는 한 푼씩 한 푼씩 고 속에 넣고 열쇠는 아내가 가져갔다. 그후에도 나는 더러 은화를 그 벙어리에 넣은 것을 기억한다. 그리고 나는 게을렀다. 얼마 후 아내의 머리 쪽에 보지 못하던 누깔잠이 하나 여드름처럼 돋았던 것은 바로 그 금고형 벙어리의 무게가 가벼워졌다는 증거일까. 그러나 나는 드디어 머리맡에 놓았던 그 벙어리에 손을 대지 않고 말았다. 내 게으름은 그런 것에 내 주의를 환기시

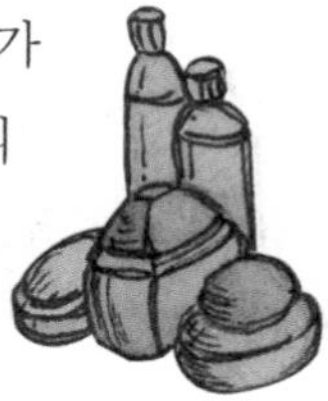

키기도 싫었다.

아내에게 내객이 있는 날은 이불 속으로 암만 깊이 들어가도 비오는 날만큼 잠이 잘 오지 않았다. 나는 그런 때 아내에게는 왜 늘 돈이 있나, 왜 돈이 많은가를 연구했다.

내객들은 장지 저쪽에 내가 있는 것을 모르나 보다. 내 아내와 나도 좀 하기 어려운 농을 아주 서슴지 않고 쉽게 해던지는 것이다. 그러나 내 아내를 찾는 서너 사람의 내객들은 늘 비교적 점잖았다고 볼 수 있는 것이, 자정이 좀 지나면 으레 돌아들 갔다. 그들 가운데에는 퍽 교양이 얕은 자도 있는 듯싶었는데, 그런 자는 보통 음식을 사다 먹고 논다. 그래서 보충을 하고 대체로 무사하였다.

나는 우선 내 아내의 직업이 무엇인가를 연구하기에 착수하였으나 좁은 시야와 부족한 지식으로는 이것을 알아내기 힘이 든다. 나는 끝끝내 내 아내의 직업이 무엇인가를 모르고 말려나 보다.

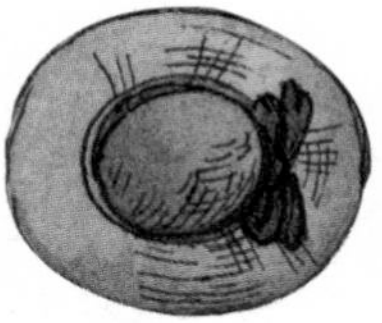

아내는 늘 진솔 버선만 신었다. 아내는 밥도 지었다. 아내가 밥을 짓는 것을 나는 한 번도 구경한 일은 없으나 언제든지 끼니때면 내 방으로 내 조석 밥을 날라다 주는 것이다. 우리 집에는 나와 내 아내 외의 다른 사람은 아무도 없다. 이 밥은 분명히 아내가 손수 지었음에 틀림없다.

그러나 아내는 한 번도 나를 자기 방으로 부른 일이 없다. 나는 늘 윗방에서 나 혼자서 밥을 먹고 잠을 잤다. 밥은 너무 맛이 없었다. 반찬이 너무 엉성하였다. 나는 닭이나 강아지처럼 말없이 주는 모이를 넙죽넙죽 받아먹기는 했으나 내심 야속하게 생각한 적도 더러 없지 않다. 나는 안색이 여지없이 창백해가면서 말라 들어갔다. 나날이 눈에 보이듯이 기운이 줄어들었다. 영양 부족으로 하여 몸뚱이 곳곳이 뼈가 불쑥불쑥 내어밀었다. 하룻밤 사이에도 수십 차를 돌쳐눕지 않고는 여기저기가 배겨서 나는 배겨낼 수가 없었다.

그렇기 때문에 나는 내 이불 속에서 아내가 늘 흔히 쓸 수 있는 저 돈의 출처를 탐색해 보는 일변, 장지 틈으로 새어 나오는 아랫방의 음식은 무엇일까를 간단히 연구하였다. 나는 잠이 잘 안 왔다.

깨달았다. 아내가 쓰는 그 돈은 내게는 다만 실없는 사람들로밖에 보이지 않는 까닭 모를 내객들이 놓고 가는 것에 틀림없으리라는 것을 나는 깨달았다.

그러나 왜 그들 내객은 돈을 놓고 가나, 왜 내 아내는 그 돈을 받아야 되나, 하는 예의 관념이 내게는 도무지 알 수 없는 것이었다. 그것은 그저 예의에 지나지 않는 것일까? 그렇지 않으면 혹 무슨 대가일까? 보수일까? 내 아내가 그들의 눈에는 동정을 받아야만 할 한 가엾은 인물로 보였던가?

이런 것들을 생각하노라면 으레 내 머리는 그냥 혼란하여 버리고 버리고 하였다. 잠들기 전에 획득했다는 결론이 오직 불쾌하다는 것뿐이었으면서도 나는 그런 것을 아내에게 물어보거나 한 일이 참 한 번도 없다. 그것은 대체 귀찮기도 하려니와 한잠 자고 일어나는 나는 사뭇 딴사람처럼 이것도 저것도 다 깨끗이 잊어버리고 그만두는 까닭이다.

내객들이 돌아가고, 혹 밤 외출에서 돌아오고 하면 아내는 간편한 것으로 옷을 바꾸어 입고 내 방으로 나를 찾아온다. 그리고 이불을 들치고 내 귀에는 영 생동생동한 몇 마디 말로 나를 위로하려 든다. 나는 조소도 고소도 홍소도 아닌 웃음을 얼굴에 띠고 아내의 아름다운 얼굴을 쳐다본다. 아내는 방그레 웃는다. 그러나 그 얼굴에 떠도는 일말의 애수를 나는 놓치지 않는다.

아내는 능히 내가 배고파하는 것을 눈치챌 것이다. 그러나 아랫방에서 먹고 남은 음식을 나에게 주려 들지는 않는다. 그것은 어디까지든지 나를 존경하는 마음일 것임에 틀림없다. 나는 배가 고프면서도 적이 마음이 든든한 것을 좋아했다. 아내가 무엇이라고 지껄이고 갔는지 귀에 남아 있을 리가 없다. 다만 내 머리맡에 아내가 놓고 간 은화가 전등불에 흐릿하게 빛나고 있을 뿐이다.

고 금고형 벙어리 속에 고 은화가 얼마만큼이나 모였을까? 나는 그러나 그것을 쳐들어 보지 않았다. 그저 아무런 의욕도 기원도 없이 그 단춧구멍처럼 생긴 틈새기로 은화를 떨어뜨려 둘 뿐이었다.

왜 아내의 내객들이 아내에게 돈을 놓고 가나 하는 것이 풀 수 없는 의문인 것같이, 왜 아내는 나에게 돈을 놓고 가나 하는 것도 역시 나에게는 똑같이 풀 수 없는 의문이었다.

내 비록 아내가 내게 돈을 놓고 가는 것이 싫지 않았다 하더라도 그것은 다만 고것이 내 손가락에 닿는 순간에서부터 고 벙어리 주둥이에서 자취를 감추기까지의 하잘것없는 짧은 촉각이 좋았달 뿐이지 그 이상 아무 기쁨도 없다.

어느 날 나는 고 벙어리를 변소에 갖다 넣어버렸다. 그때 벙어리 속에는 몇 푼이나 되는지는 모르겠으나 고 은화들이 꽤 들어 있었다.

나는 내가 지구 위에 살며 내가 이렇게 살고 있는 지구가 질풍신뢰의 속력으로 광대무변의 공간을 달리고 있다는 것을 생각했을 때 참 허망하였다. 나는 이렇게 부지런한 지구 위에서

는 현기증도 날 것 같고 해서 한시바삐 내려버리고 싶었다.

이불 속에서 이런 생각을 하고 난 뒤에는 나는 고 은화를 고 벙어리에 넣고 넣고 하는 것조차도 귀찮아졌다. 나는 아내가 손수 벙어리를 사용하였으면 하고 희망하였다. 벙어리도 돈도 사실은 아내에게만 필요한 것이지 내게는 애초부터 의미가 전연 없는 것이었으니까 될 수만 있으면 그 벙어리를 아내가 아내 방으로 가져갔으면 하고 기다렸다. 그러나 아내는 가져가지 않는다. 나는 내가 아내 방으로 가져다 둘까 하고 생각하여 보았으나 그 즈음에는 아내의 내객이 원체 많아서 내가 아내 방에 가볼 기회가 도무지 없었다. 그래서 나는 하는 수 없이 변소에 갖다 집어넣어 버리고 만 것이다.

나는 서글픈 마음으로 아내의 꾸지람을 기다렸다. 그러나 아내는 끝내 아무 말도 나에게 묻지도 하지도 않았다. 않았을 뿐 아니라 여전히 돈은 돈대로 머리맡에 놓고 가지 않나! 내 머리맡에는 어느덧 은화가 꽤 많이 모였다.

내객이 아내에게 돈을 놓고 가는 것이나 아내가 내게 돈을 놓고 가는 것이나 일종의 쾌감——그 외의 다른 아무런 이유도 없는 것이 아닐까 하는 것을 나는 또 이불 속에서 연구하기 시작하였다. 쾌감이라면 어떤 종류의 쾌감일까를 계속하여 연구하였다. 그러나 그것은 이불 속의 연구로는 알 길이 없었다.

쾌감, 쾌감, 하고 나는 뜻밖에도 이 문제에 대해서만 흥미를 느꼈다.

아내는 물론 나를 늘 감금하여 두다시피 하여왔다. 내게 불평이 있을 리 없다. 그런 중에도 나는 그 쾌감이라는 것의 유무를 체험하고 싶었다.

나는 아내의 밤 외출 틈을 타서 밖으로 나왔다. 나는 거리에서 잊어버리지 않고 가지고 나온 은화를 지폐로 바꾼다. 오 원이나 된다. 그것을 주머니에 넣고 나는 목적을 잃어버리기 위하여 얼마든지 거리를 쏘다녔다. 오래간만에 보는 거리는 거의 경이에 가까울 만큼 내 신경을 흥분시키지 않고는 마지않았다. 나는 금시에 피곤하여 버렸다. 그러나 나는 참았다. 그리고 밤이 이슥하도록 까닭을 잊어버린 채 이 거리 저 거리로 지향없이 헤매었다. 돈은 물론 한 푼도 쓰지 않았다. 돈을 쓸 아무 엄두도 나서지 않았다. 나는 벌써 돈을 쓰는 기능을 완전히 상실한 것 같았다.

나는 과연 피로를 이 이상 견디기가 어려웠다. 나는 가까스로 내 집을 찾았다. 나는 내 방으로 가려면 아내 방을 통과하지 아니하면 안 될 것을 알고, 아내에게 내객이 있나 없나를 걱정하면서 미닫이 앞에서 좀 거북살스럽게 기침을 한 번 했더니, 이것은 참 또 너무 암상스럽게 미닫이가 열리면서 아내의 얼굴과 그 등뒤에 낯선 남자의 얼굴이 이쪽을 내다보는 것이다. 나는 별안간 내어 쏟아지는 불빛에 눈이 부셔서 좀 머뭇머뭇했다.

나는 아내의 눈초리를 못 본 것은 아니다. 그러나 나는 모른 체하는 수밖에 없었다. 왜? 나는 어쨌든 아내의 방을 통과하지 아니하면 안 되니까…….

나는 이불을 뒤집어썼다. 무엇보다도 다리가 아파서 견딜 수가 없었다. 이불 속에서는 가슴이 울렁거리면서 암만해도 까무러칠 것만 같았다. 걸을 때는 몰랐더니 숨이 차다. 등에 식은땀이 쭉 내배인다. 나는 외출한 것을 후회하였다. 이런 피로를 잊고 어서 잠이 들었으면 좋았다. 한잠 잘— 자고 싶었다.

얼마 동안이나 비스듬히 엎드려 있었더니 차츰차츰 뚝딱거리는 가슴 동기가 가라앉는다. 그만해도 우선 살 것 같았다. 나는 몸을 돌쳐 반듯이 천장을 향하여 눕고 쭈욱 다리를 뻗었다.

그러나 나는 또다시 가슴의 동기를 피할 수 없게 되었다. 아랫방에서 아내와 그 남자의 내 귀에도 들리지 않을 만큼 옅은 목소리로 소곤거리는 기척이 장지 틈으로 전하여왔던 것이다. 청각을 더 예민하게 하기 위하여 나는 눈을 떴다. 그리고 숨을 죽였다.

그러나 그때는 벌써 아내와 남자는 앉았던 자리를 툭툭 털며 일어섰고 일어서면서 옷과 모자 쓰는 기척이 나는 듯하더니 이어 미닫이가 열리고 구두 뒤축 소리가 나고 그리고 뜰에 내려서는 소리가 쿵 하고 나면서 뒤를 따르는 아내의 고무신 소리가 두어 발짝 찍찍 나고 사뿐사뿐 나나 하는 사이에 두 사람의 발소리가 대문간 쪽으로 사라졌다.

나는 아내의 이런 태도를 본 일이 없다. 아내는 어떤 사람과도 결코 소곤거리는 법이 없다. 나는 윗방에서 이불을 쓰고 누웠는 동안에도 혹 술이 취해서 혀가 잘 돌아가지 않는 내객들의 담화는 더러 놓치는 수가 있어도 아내의 높지도 얕지도 않은 말소리는 일찍이 한마디도 놓쳐본 일이 없다. 더러 내 귀에 거슬리는 소리가 있어도 나는 그것이 태연한 목소리로 내 귀에 들렸다는 이유로 충분히 안심이 되었다.

그렇던 아내의 이런 태도는 필시 그 속에 여간하지 않은 사정이 있는 듯싶이 생각이 되고 내 마음은 좀 서운했으나 그러나 그보다도 나는 좀 너무 피곤해서 오늘만은 이불 속에서 아무것도 연구치 않기로 굳게 결심하고 잠을 기다렸다. 잠은 좀처럼 오지 않았다. 대문간에 나간 아내도 좀처럼 들어오지 않았다. 그러는 동안에 흐지부지 나는 잠이 들어버렸다. 꿈이 얼쑹덜쑹 종을 잡을 수 없는 거리의 풍경을 여전히 헤매었다.

나는 몹시 흔들렸다. 내객을 보내고 들어온 아내가 잠든 나를 잡아 흔드는 것이다. 나는 눈을 번쩍 뜨고 아내의 얼굴을 쳐다보았다. 아내의 얼굴에는 웃음이 없다. 나는 좀 눈을 부비고 아내의 얼굴을 자세히 보았다. 노기가 눈초리에 떠서 얇은 입술이 바르르 떨린다. 좀처럼 이 노기가 풀리기는 어려울 것 같았다. 나는 그대로 눈을 감아버렸다. 벼락이 내리기를 기다린 것이다. 그러나 쌔근 하는 숨소리가 나면서 푸시시 아내의 치맛자락 소리가 나고 장지가 여닫히며 아내는 아내 방으로 들어갔다. 나는 다시 몸을 돌쳐 이불을 뒤집어쓰고는 개구리처럼 엎드리고 엎드려서 배가 고픈 가운데에도 오늘 밤의 외출을 또 한 번 후회하였다.

나는 이불 속에서 아내에게 사죄하였다. 그것은 네 오해라고…….

나는 사실 밤이 퍽으나 이슥한 줄만 알았던 것이다. 그것이 네 말마따나 자정 전인 줄은 정말이지 꿈에도 몰랐다. 나는 너무 피곤하였다. 오래간만에 나는 너무 많이 걸은 것이 잘못이다. 내 잘못이라면 잘못은 그것밖에 없다. 외출은 왜 하였더냐고?

나는 그 머리맡에 저절로 모인 오 원 돈을 아무에게라도 좋으니 주어보고 싶었던 것이다. 그

뿐이다. 그러나 그것도 내 잘못이라면 나는 그렇게 알겠다. 나는 후회하고 있지 않나?

내가 그 오 원 돈을 써버릴 수가 있었던들 나는 자정 안에 집에 돌아올 수 없었을 것이다. 그러나 거리는 너무 복잡하였고 사람은 너무도 들끓었다. 나는 어느 사람을 붙들고 그 오 원 돈을 내주어야 할지 갈피를 잡을 수가 없었다. 그러는 동안에 나는 여지없이 피곤해 버리고 말았던 것이다.

나는 무엇보다도 좀 쉬고 싶었다. 눕고 싶었다. 그래서 나는 하는 수 없이 집으로 돌아온 것이다. 내 짐작 같아서는 밤이 어지간히 늦은 줄만 알았는데 그것이 불행히도 자정 전이었다는 것은 참 안된 일이다. 미안한 일이다. 나는 얼마든지 사죄하여도 좋다. 그러나 종시 아내의 오해를 풀지 못하였다 하면 내가 이렇게까지 사죄하는 보람은 그럼 어디 있나? 한심하였다.

한 시간 동안을 나는 이렇게 초조하게 굴지 않으면 안 되었다. 나는 이불을 홱 젖혀버리고 일어나서 장지를 열고 아내 방으로 비칠비칠 달려갔던 것이다. 내게는 거의 의식이라는 것이 없었다. 나는 아내 이불 위에 엎드러지면서 바지 포켓 속에서 그 돈 오 원을 꺼내 아내 손에 쥐어준 것을 간신히 기억할 뿐이다.

이튿날 잠이 깨었을 때 나는 내 아내 방 아내 이불 속에 있었다. 이것이 이 33번지에서 살기 시작한 이래 내가 아내 방에서 잔 맨 처음이었다.

해가 들창에 훨씬 높았는데 아내는 이미 외출하고 벌써 내 곁에 있지 않다. 아니! 아내는 엊저녁 내가 의식을 잃은 동안에 외출한 것인지도 모른다. 그러나 나는 그런 것을 조사하고 싶지 않았다. 다만 전신이 찌뿌드드한 것이 손가락 하나 꼼짝할 힘조차 없었다. 책보보다 좀 작은 면적의 볕이 눈이 부시다. 그 속에서 수없는 먼지가 흡사 미생물처럼 난무한다. 코가 콱 막히는 것 같다. 나는 다시 눈을 감고 이불을 푹 뒤집어쓰고 낮잠을 자기에 착수하였다. 그러나 코를 스치는 아내의 체취는 꽤 도발적이었다. 나는 몸을 여러 번 여러 번 비비꼬면서 아내의 화장대에 늘어선 고 가지각색 화장품 병들과 고 병들의 마개를 뽑았을 때 풍기는 냄새를 더듬느라고 좀처럼 잠은 들지 않는 것을 나는 어찌하는 수도 없었다.

견디다 못하여 나는 그만 이불을 걷어차고 벌떡 일어나서 내 방으로 갔다. 내 방에는 다 식어 빠진 내 끼니가 가지런히 놓여 있는 것이다. 아내는 내 모이를 여기다 주고 나간 것이다. 나는 우선 배가 고팠다. 한 숟갈을 입에 떠 넣었을 때 그 촉감은 참 너무도 냉회와 같이 써늘하였다. 나는 숟갈을 놓고 내 이불 속으

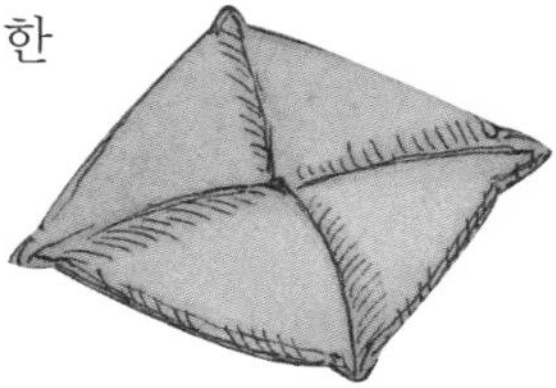

로 들어갔다. 하룻밤을 비워버린 내 이부자리는 여전히 반갑게 나를 맞아준다. 나는 내 이불을 뒤집어쓰고 이번에는 참 늘어지게 한잠 잤다. 잘——

내가 잠을 깬 것은 전등이 켜진 뒤다. 그러나 아내는 아직도 돌아오지 않았나 보다. 아니! 들어왔다 또 나갔는지도 알 수 없다. 그러나 그런 것을 상고하여 무엇하나?

정신이 한결 난다. 나는 지난밤 일을 생각해 보았다. 그 돈 오 원을 아내 손에 쥐어주고 넘어졌을 때에 느낄 수 있었던 쾌감을 나는 무엇이라고 설명할 수가 없었다. 그러니 내객들이 내 아내에게 돈 놓고 가는 심리며 내 아내가 내게 돈 놓고 가는 심리의 비밀을 나는 알아낸 것 같아서 여간 즐거운 것이 아니다. 나는 속으로 빙그레 웃어보았다. 이런 것을 모르고 오늘까지 지내온 내 자신이 어떻게 우스꽝스러워 보이는지 몰랐다. 나는 어깨춤이 났다.

따라서 나는 오늘 밤에도 외출하고 싶었다. 그러나 돈이 없다. 나는 엊저녁에 그 돈 오 원을 한꺼번에 아내에게 주어버린 것을 후회하였다. 또 고 벙어리를 변소에 갖다 처넣어버린 것도 후회하였다. 나는 실없이 실망하면서 습관처럼 그 돈 오 원이 들어 있던 내 바지 포켓에 손을 넣어 한번 휘둘러보았다. 뜻밖에도 내 손에 쥐어지는 것이 있었다. 이 원밖에 없다. 그러나 많아야 맛은 아니다. 얼마간이고 있으면 된다. 나는 그만한 것

이 여간 고마운 것이 아니었다.

나는 기운을 얻었다. 나는 그 단벌 다 떨어진 골덴 양복을 걸치고 배고픈 것도 주제 사나운 것도 다 잊어버리고 활갯짓을 하면서 또 거리로 나섰다. 나서면서 나는 제발 시간이 화살 닫듯 해서 자정이 어서 홱 지나버렸으면 하고 조바심을 태웠다. 아내에게 돈을 주고 아내 방에서 자보는 것은 어디까지든지 좋았지만 만일 잘못해서 자정 전에 집에 들어갔다가 아내의 눈총을 맞는 것은 그것은 여간 무서운 일이 아니었다. 나는 저물도록 길가 시계를 들여다보고 들여다보고 하면서 또 지향 없이 거리를 방황하였다. 그러나 이날은 좀처럼 피곤하지는 않았다. 다만 시간이 너무 더디게 가는 것만 같아서 안타까웠다.

경성역 시계가 확실히 자정을 지난 것을 본 뒤에 나는 집을 향하였다. 그날은 그 일각대문에서 아내와 아내의 남자가 이야기하고 섰는 것을 만났다. 나는 모른 체하고 두 사람 곁을 지나서 내 방으로 들어갔다. 뒤이어 아내도 들어왔다. 와서는 이 밤중에 평생 안 하던 쓰레질을 하는 것이었다. 조금 있다가 아내가 눕는 기척을 엿보자마자 나는 또 장지를 열고 아내 방으로 가서 그 돈 이 원을 아내 손에 덥석 쥐어주고 그리고――하여간 그 이 원을 오늘 밤에도 쓰지 않고 도로 가져온 것이 참 이상하다

는 듯이 아내는 내 얼굴을 몇 번이고 엿보고——아내는 드디어 아무 말도 없이 나를 자기 방에 재워주었다. 나는 이 기쁨을 세상의 무엇과도 바꾸고 싶지는 않았다. 나는 편히 잘 잤다.

이튿날도 내가 잠이 깨었을 때는 아내는 보이지 않았다. 나는 또 내 방으로 가서 피곤한 몸이 낮잠을 잤다.

내가 아내에게 흔들려 깨었을 때는 역시 불이 들어온 뒤였다. 아내는 자기 방으로 나를 오라는 것이다. 이런 일은 또 처음이다. 아내는 끊임없이 얼굴에 미소를 띠고 내 팔을 이끄는 것이다. 나는 이런 아내의 태도 이면에 엔간치 않은 음모가 숨어 있지나 않은가 하고 적이 불안을 느끼지 않을 수 없었다.

나는 아내의 하자는 대로 아내 방으로 끌려갔다. 아내 방에는 저녁 밥상이 조촐하게 차려져 있는 것이다. 생각하여 보면 나는 이틀을 굶었다. 나는 지금 배고픈 것까지도 기연가미연가 잊어버리고 어름어름하던 차다.

나는 생각하였다. 이 최후의 만찬을 먹고 나자마자 벼락이 내려도 나는 차라리 후회하지 않을 것을. 사실 나는 인간 세상이 너무나 심심해서 못 견디겠던 차다. 모든 것이 성가시고 귀찮았으나 그러나 불의의 재난이라는 것은 즐거웁다.

나는 마음을 턱 놓고 조용히 아내와 마주 이 해괴한 저녁밥을 먹었다. 우리 부부는 이야기하는 법이 없었다. 밥을 먹은 뒤에도 나는 말이 없이 부스스 일어나서 내 방으로 건너가 버렸다. 아내는 나를 붙잡지 않았다. 나는 벽에 기대어 앉아서 담배를 한 대 피워 물고 그리고 벼락이 떨어질 테거든 어서 떨어져라 하고 기다렸다.

오 분! 십 분! —

그러나 벼락은 내리지 않았다. 긴장이 차츰 늘어지기 시작한다. 나는 어느덧 오늘 밤에도 외출할 것을 생각하고 돈이 있었으면 하고 생각하고 있었다.

그러나 돈은 확실히 없다. 오늘은 외출하여도 나중에 올 무슨 기쁨이 있나, 나는 앞이 그냥 아뜩하였다. 나는 화가 나서 이불을 뒤집어쓰고 이리 뒹굴 저리 뒹굴 굴렀다. 금시 먹은 밥이 목으로 자꾸 치밀어 올라온다. 메스꺼웠다.

하늘에서 얼마라도 좋으니 왜 지폐가 소낙비처럼 퍼붓지 않나, 그것이 그저 한없이 야속하고 슬펐다. 나는 이렇게밖에 돈을 구하는 아무런 방법도 알지는 못했다. 나는 이불 속에서 좀 울었나 보다. 돈이 왜 없느냐면서…….

그랬더니 아내가 또 내 방에를 왔다. 나는 깜짝 놀라 아마 인제서야 벼락이 내리려나 보다 하고 숨을 죽이고 두꺼비 모양으로 엎드려 있었다. 그러나 떨어진 입을 새어 나오는 아내의 말소리는 참 부드러웠다. 정다웠다. 아내는 내가 왜 우는지를 안다는 것이다. 돈이 없어서 그러는 게 아니냔다. 나는 실없이 깜짝 놀랐다. 어떻게 사람의 속을 환하게 들여다보는고 해서 나는 한편으로 슬그머니 겁도 안 나는 것은 아니었으나 저렇게 말하는 것을 보면 아마 내게 돈을 줄 생각이 있나 보다, 만일 그렇다면 오죽이나 좋은 일일까. 나는 이불 속에 뚤뚤 말린 채 고개도 들지 않고 아내의 다음 거동을 기다리고 있으니까, 옛소—하고 내 머리맡에 내려뜨리는 것은 그 가뿐한 음향으로 보아 지폐에 틀림없었다. 그리고 내 귀에다 대고 오늘을랑 어제보다도 좀더 늦게 들어와도 좋다고 속삭이는 것이다. 그것은 어렵지 않다. 우선 그 돈이 무엇보다도 고맙고 반가웠다.

어쨌든 나섰다. 나는 좀 야맹증이다. 그래서 될 수 있는 대로 밝은 거리로 골라서 돌아다니기로 했다. 그리고는 경성역 일 이등 대합실 한곁 티룸에를 들렀다. 그것은 내게는 큰 발견이었다.

거기는 우선 아무도 아는 사람이 안 온다. 설사 왔다가도 곧들 가니까 좋다. 나는 날마다 여기 와서 시간을 보내리라 속으로 생각하여 두었다.

제일 여기 시계가 어느 시계보다도 정확하리라는 것이 좋았다. 섣불리 서투른 시계를 보고 그것을 믿고 시간 전에 집에 돌아갔다가 큰코를 다쳐서는 안 된다.

나는 한 복스에 아무것도 없는 것과 마주 앉아서 잘 끓은 커피를 마셨다. 총총한 가운데 여객들은 그래도 한 잔 커피가 즐거운가 보다. 얼른얼른 마시고 무얼 좀 생각하는 것같이 담벼락도 좀 쳐다보고 하다가 곧 나가버린다. 서글프다. 그러나 내게는 이 서글픈 분위기가 거리의 티룸들의 그 거추장스러운 분위기보다는 절실하고 마음에 들었다. 이따금 들리는 날카로운 혹은 우렁찬 기적 소리가 모—짜르트보다도 더 가깝다. 나는 메뉴에 적힌 몇 가지 안 되는 음식 이름을 치읽고 내리읽고 여러 번 읽었다. 그것들은 아물아물한 것이 어딘가 내 어렸을 때 동무들 이름과 비슷한 데가 있었다.

거기서 얼마나 내가 오래 앉았는지 정신이 오락가락하는 중에 객이 슬며시 뜸해지면서 이 구석 저 구석 걷어치우기 시작하는 것을 보면 아마 닫을 시간이 된 모양이다. 열한 시가 좀 지났구나, 여기도 결코 내 안주의 곳은 아니구나, 어디 가서 자정을 넘길까, 두루 걱정을 하면서 나는 밖으로 나섰다. 비가 온다. 빗발이 제법 굵은 것이 우비도 우산도 없는 나를 고생을 시킬 작정이다. 그렇다고 이런 괴이한 풍모를 차리고 이 홀—에서 어물어물하는 수도 없고, 에이 비를 맞으면 맞았지 하고 나는 그냥 나서버렸다.

대단히 선선해서 견딜 수가 없다. 골덴 옷이 젖기 시작하더니 나중에는 속속들이 스며들면서 처근거린다. 비를 맞아가면서라도 견딜 수 있는 데까지 거리를 돌아다녀서 시간을 보내려 하였으나, 인제는 선선해서 이 이상은 더 견딜 수가 없다. 오한

이 자꾸 일어나면서 이가 딱딱 맞부딪는다.

나는 걸음을 재치면서 생각하였다. 오늘 같은 궂은 날도 아내에게 내객이 있을라구? 없겠지, 하는 생각이 드는 것이다. 집으로 가야겠다. 아내에게 불행히 내객이 있거든 내 사정을 하리라. 사정을 하면 이렇게 비가 오는 것을 눈으로 보고 알아주겠지.

부리나케 와보니까 그러나 아내에게는 내객이 있었다. 나는 너무 춥고 척척해서 얼떨김에 노크하는 것을 잊었다. 그래서 나는 보면 아내가 좀 덜 좋아할 것을 그만 보았다. 나는 감발자국 같은 발자국을 내이면서 덤벙덤벙 아내 방을 디디고 그리고 내 방으로 가서 쭉 빠진 옷을 활활 벗어버리고 이불을 뒤썼다. 덜덜덜덜 떨린다. 오한이 점점 더 심해 들어온다. 여전 땅이 꺼져 들어가는 것만 같았다. 나는 그만 의식을 잃어버리고 말았다.

이튿날 내가 눈을 떴을 때 아내는 내 머리맡에 앉아서 제법 근심스러운 얼굴이다. 나는 감기가 들었다. 여전히 으스스 춥고 또 골치가 아프고 입에 군침이 도는 것이 씁쓸하면서 다리 팔이 척 늘어져서 노곤하다.

아내는 내 머리를 쑥 짚어보더니 약을 먹어야지 한다. 아내 손이 이마에

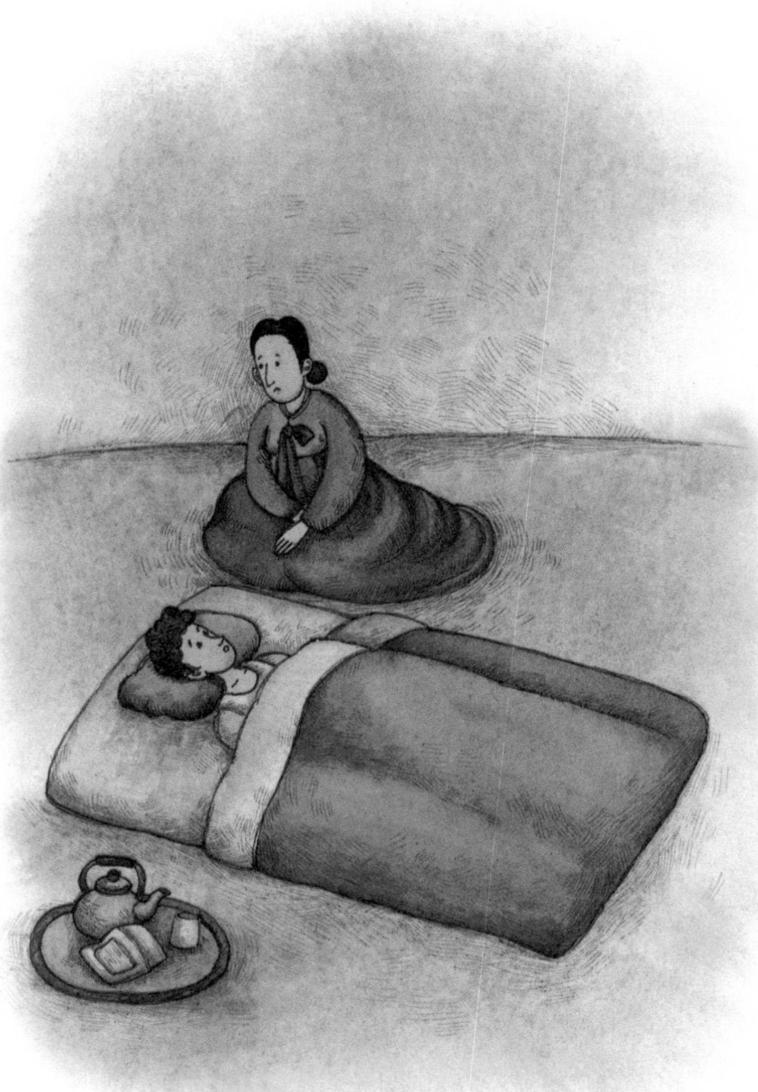

선뜩한 것을 보면 신열이 어지간한 모양인데 약을 먹는다면 해열제를 먹어야지 하고 속생각을 하자니까 아내는 따뜻한 물에 하얀 정제약 네 개를 준다. 이것을 먹고 한잠 푹— 자고 나면 괜찮다는 것이다. 나는 널름 받아먹었다. 쌉싸름한 것이 짐작같아서는 아마 아스피린인가 싶다. 나는 다시 이불을 쓰고 단번에 그냥 죽은 것처럼 잠이 들어버렸다.

나는 콧물을 훌쩍훌쩍하면서 여러 날을 앓았다. 앓는 동안에 끊이지 않고 그 정제약을 먹었다. 그러는 동안에 감기도 나았다. 그러나 입맛은 여전히 소태처럼 썼다.

나는 차츰 또 외출하고 싶은 생각이 났다. 그러나 아내는 나더러 외출하지 말라고 이르는 것이다. 이 약을 날마다 먹고 그리고 가만히 누워 있으라는 것이다. 공연히 외출을 하다가 이렇게 감기가 들어서 저를 고생을 시키는 게 아니냔다. 그도 그렇다. 그럼 외출을 하지 않겠다고 맹세하고 그 약을 연복하여 몸을 좀 보해보리라고 나는 생각하였다.

나는 날마다 이불을 뒤집어쓰고 밤이나 낮이나 잤다. 유난스럽게 밤이나 낮이나 졸려서 견딜 수가 없는 것이다. 나는 이렇게 잠이 자꾸만 오는 것은 내가 훨씬 몸이 튼튼해진 증거라고 굳게 믿었다.

나는 아마 한 달이나 이렇게 지냈나 보다. 내 머리와 수염이 좀 너무 자라서 후툿해서 견딜 수가 없어서 내 거울을 좀 보리라고 아내가 외출한 틈을 타서 나는 아내 방으로 가서 아내의 화장대 앞에 앉아보았다. 상당하다. 수염과 머리가 참 산란하였다.

오늘은 이발을 좀 하리라고 생각하고 겸사겸사 고 화장품 병들 마개를 뽑고 이것저것 맡아보았다. 한동안 잊어버렸던 향기 가운데서는 몸이 배배 꼬일 것 같은 체취가 전해 나왔다. 나는 아내의 이름을 속으로만 한 번 불러보았다.

"연심이———"

하고…….

오래간만에 돋보기 장난도 하였다. 거울 장난도 하였다. 창에 든 볕이 여간 따뜻한 것이 아니었다. 생각하면 5월이 아니냐.

나는 커다랗게 기지개를 한 번 켜보고 아내 베개를 내려 베고 벌떡 자빠져서는 이렇게도 편안하고 즐거운 세월을 하느님께 흠씬 자랑하여 주고 싶었다. 나는 참 세상의 아무것과도 교섭을 가지지 않는다. 하느님도 아마 나를 칭찬할 수도 처벌할 수도 없는 것 같다.

그러나 다음 순간 실로 세상에도 이상스러운 것이 눈에 띄었다. 그것은 최면약 아달린 갑이었다. 나는 그것을 아내의 화장대 밑에서 발견하고 그것이 흡사 아스피린처럼 생겼다고 느꼈다. 나는 그것을 열어보았다. 똑 네 개가 비었다.

나는 오늘 아침에 네 개의 아스피린을 먹은 것을 기억하고 있었다. 나는 잤다. 어제도 그제도 그끄제도——나는 졸려서 견딜 수가 없었다. 나는 감기가 다 나았는데도 아내는 내게 아스피린을 주었다. 내가 잠이 든 동안에 이웃에 불이 난 일이 있다. 그때에도 나는 자느라고 몰랐다. 이렇게 나는 잤다. 나는 아스피린으로 알고 그럼 한 달 동안을 두고 아달린을 먹어온 것이다. 이것은 좀 너무 심하다.

별안간 아뜩하더니 하마터면 나는 까무러칠 뻔하였다. 나는 그 아달린을 주머니에 넣고 집을 나섰다. 그리고 산을 찾아 올라갔다. 인간 세상의 아무것도 보기가 싫었던 것이다. 걸으면서 나는 아무쪼록 아내에 관계되는 일은 생각하지 않도록 노력하였다. 길에서 까무러치기 쉬우니까다. 나는 어디라도 양지가 바른 자리를 하나 골라 자리를 잡아 가지고 서서히 아내에 관하여서 연구할 작정이었다. 나는 길가의 돌창 핀, 구경도 못한 진개나리꽃, 종달새, 돌멩이도 새끼를 까는 이야기, 이런 것만 생각하였다. 다행히 길가에서 나는 졸도하지 않았다.

거기는 벤치가 있었다. 나는 거기 정좌하고 그리고 그 아스피린과 아달린에 관하여 연구하였다. 그러나 머리가 도무지 혼란하여 생각이 체계를 이루지 않는다. 단 오 분이 못 가서 나는 그만 귀찮은 생각이 버쩍 들면서 심술이 났다. 나는 주머니에서 가지고 온 아달린을 꺼내 남은 여섯 개를 한꺼번에 질겅질겅 씹어먹어 버렸다. 맛이 익살맞다. 그리고 나서 나는 그 벤치

위에 가로 기다랗게 누웠다. 무슨 생각으로 내가 그 따위 짓을 했나? 알 수가 없다. 그저 그러고 싶었다. 나는 게서 그냥 깊이 잠이 들었다. 잠결에도 바위 틈을 흐르는 물소리가 졸졸 하고 귀에 언제까지나 어렴풋이 들려왔다.

내가 잠을 깨었을 때는 날이 환히 밝은 뒤다. 나는 거기서 일 주야를 잔 것이다. 풍경이 그냥 노오랗게 보인다. 그 속에서도 나는 번개처럼 아스피린과 아달린이 생각났다.

아스피린, 아달린, 아스피린, 아달린, 마르크스, 말사스, 마도로스, 아스피린, 아달린.

아내는 한 달 동안 아달린을 아스피린이라고 속이고 내게 먹였다. 그것은 아내 방에서 아달린 갑이 발견된 것으로 미루어 증거가 너무나 확실하다.

무슨 목적으로 아내는 나를 밤이나 낮이나 재웠어야 됐나?

나를 밤이나 낮이나 재워놓고, 그리고 아내는 내가 자는 동안에 무슨 짓을 했나?

나를 조금씩 조금씩 죽이려던 것일까?

그러나 또 생각하여 보면 내가 한 달을 두고 먹어온 것이 아스피린이었는지도 모른다. 아내는 무슨 근심되는 일이 있어서 밤이면 잠이 잘 오지 않아서 정작 아내가 아달린을 사용한 것이나 아닌지,

그렇다면 나는 참 미안하다. 나는 아내에게 이렇게 큰 의혹을 가졌다는 것이 참 안됐다.

나는 그래서 부리나케 거기서 내려왔다. 아랫도리가 홰홰 내어저이면서 어찔어찔한 것을 나는 겨우 집을 향하여 걸었다. 여덟 시 가까이였다.

나는 내 잘못된 생각을 죄다 일러바치고 아내에게 사죄하려는 것이다. 나는 너무 급해서 그만 또 말을 잊어버렸다.

그랬더니 이건 참 큰일났다. 나는 내 눈으로는 절대로 보아서 안 될 것을 그만 딱 보아버리고 만 것이다. 나는 얼떨결에 그만 냉큼 미닫이를 닫고 그리고 현기증이 나는 것을 진정시키느라고 잠깐 고개를 숙이고 눈을 감고 기둥을 짚고 섰자니까 일 초 여유도 없이 홱 미닫이가 다시 열리더니 매무새를 풀어헤친 아내가 불쑥 내밀면서 내 멱살을 잡는 것이다. 나는 그만 어지러워서 게가 그냥 나둥그러졌다.

그랬더니 아내는 넘어진 내 위에 덮치면서 내 살을 함부로 물어뜯는 것이다. 아파 죽겠다. 나는 사실 반항할 의사도 힘도 없어서 그냥 넙죽 엎드려 있으면서 어떻게 되나 보고 있자니까 뒤이어 남자가 나오는 것 같더니 아내를 한아름에 덥석 안아가지고 방으로 들어가는 것이다. 아내는 아무 말 없이 다소곳이 그렇게 안겨 들어가는 것이 내 눈에 여간 미운 것이 아니다. 밉다.

아내는 너 밤새워 가면서 도둑질하러 다니느냐, 계집질하러 다니느냐고 발악이다. 이것은 참 너무 억울하다. 나는 어안이 벙벙하여 도무지 입이 떨어지지를 않았다.

너는 그야말로 나를 살해하려던 것이 아니냐고 소리를 한 번 꽥 질러보고도 싶었으나, 그런 기연가미연가한 소리를 섣불리 입 밖에 내었다가는 무슨 화를 볼는지 알 수 있나. 차라리 억울하지만 잠자코 있는 것이 우선 상책인 듯싶이 생각이 들길래 나는 이것은 또 무슨 생각으로 그랬는지 모르지만 툭툭 털고 일어나서 내 바지 포켓 속에 남은 돈 몇 원 몇 십 전을 가만히 꺼내서는 몰래 미닫이를 열고 살며시 문지방 밑에다 놓고 나서는 나는 그냥 줄달음질을 쳐서 나와버렸다.

여러 번 자동차에 치일 뻔하면서 나는 그래도 경성역을 찾아갔다. 빈자리와 마주 앉아서 이 쓰디쓴 입맛을 거두기 위하여 무엇으로나 입가심을 하고 싶었다.

커피— 좋다. 그러나 경성역 홀—에 한걸음을 들여놓았을 때 나는 내 주머니에는 돈이 한 푼도 없는 것을 그것을 깜박 잊었던 것을 깨달았다. 또 아뜩하였다. 나는 어디선가 그저 맥없이 머뭇머뭇하면서 어쩔 줄을 모를 뿐이었다. 얼빠진 사람처럼 그저 이리 갔다 저리 갔다 하면서…….

나는 어디로 어디로 들입다 쏘다녔는지 하나도 모른다. 다만 몇 시간 후에 내가 미쓰꼬시 옥상에 있는 것을 깨달았을 때는 거의 대낮이었다.

나는 거기 아무데나 주저앉아서 내 자라온 스물여섯 해를 회고하여 보았다. 몽롱한 기억 속에서는 이렇다는 아무 제목도 불거져 나오지 않았다.

나는 또 내 자신에게 물어보았다. 너는 인생에 무슨 욕심이 있느냐고, 그러나 있다고도 없다고도 그런 대답은 하기가 싫었다. 나는 거의 나 자신의 존재를 인식하기조차도 어려웠다.

허리를 굽혀서 나는 그저 금붕어나 들여다보고 있었다. 금붕어는 참 잘들도 생겼다. 작은놈은 작은놈대로 큰놈은 큰놈대로 다 싱싱하니 보기 좋았다. 내려 비치는 5월 햇살에 금붕어들은 그릇 바탕에 그림자를 내려뜨렸다. 지느러미는 하늘하늘 손수건을 흔드는 흉내를 낸다. 나는 이 지느러미 수효를 세어보기도 하면서 굽힌 허리를 좀처럼 펴지 않았다. 등허리가 따뜻하다.

나는 또 회탁의 거리를 내려다보았다. 거기서는 피곤한 생활이 똑 금붕어 지느러미처럼 흐늑흐늑 허비적거렸다. 눈에 보이지 않는 끈적끈적한 줄에 엉켜서 헤어나지들을 못한다. 나는 피로와 공복 때문에 무너져 들어가는 몸뚱이를 끌고 그 회탁의 거리 속으로 섞여 들어가지 않는 수도 없다 생각하였다.

나서서 나는 또 문득 생각하여 보았다. 이 발길이 지금 어디로 향하여 가는 것인가를…….

그때 내 눈앞에는 아내의 모가지가 벼락처럼 내려 떨어졌다. 아스피린과 아달린.

우리들은 서로 오해하고 있느니라. 설마 아내가 아스피린 대신에 아달린의 정량을 나에게 먹여왔을까? 나는 그것을 믿을 수는 없다. 아내가 대체 그럴 까닭이 없을 것이니, 그러면 나는 날밤을 새면서 도둑질을 계집질을 하였나? 정말이지 아니다.

우리 부부는 숙명적으로 발이 맞지 않는 절름발이인 것이다. 내나 아내나 제 거동에 로직을 붙일 필요는 없다. 변해할 필요도 없다. 사실은 사실대로 오해는 오해대로 그저 끝없이 발을 절뚝거리면서 세상을 걸어가면 되는 것이다. 그렇지 않을까?

그러나 나는 이 발길이 아내에게로 돌아가야 옳은가 이것만은 분간하기가 좀 어려웠다. 가야 하나? 그럼 어디로 가나?

이때 뚜— 하고 정오 사이렌이 울었다. 사람들은 모두 네 활개를 펴고 닭처럼 푸드덕거리는 것 같고 온갖 유리와 강철과 대리석과 지폐와 잉크가 부글부글 끓고 수선을 떨고 하는 것 같은 찰나, 그야말로 현란을 극한 정오다.

나는 불현듯이 겨드랑이가 가렵다. 아하, 그것은 내 인공의 날개가 돋았던 자국이다. 오늘은 없는 이 날개, 머릿속에서는 희망과 야심의 말소된 페이지가 딕셔너리 넘어가듯 번뜩였다.

나는 걷던 걸음을 멈추고 그리고 어디 한번 이렇게 외쳐보고 싶었다.

날개야 다시 돋아라.

날자. 날자. 날자. 한 번만 더 날자꾸나.

한 번만 더 날아보자꾸나.

〈1936〉

:김유정

(金裕貞 : 1908~1937)

- 강원도 춘천 출생.
- 1935년 소설 「소낙비」와 「노다지」로 문단에 데뷔하였다. 정확한 문장과 독특한 스타일을 문학적 특성으로 평가받고 있는 그는 데뷔작인 「소낙비」를 비롯하여 대부분의 작품들이 농촌을 무대로 하고 있다.

주요 작품으로는 「금 따는 콩밭」「봄봄」「동백꽃」「따라지」 등이 있다.

만무방

산골에, 가을은 무르녹았다.

아름드리 노송은 빽빽이 늘어박혔다. 무거운 송낙을 머리에 쓰고 건들건들. 새새이 끼인 도토리, 벚, 돌배, 갈잎들은 울긋불긋. 잔디를 적시며 맑은 샘이 쫄쫄거린다. 산토끼 두 놈은 한가로이 마주 앉아 그 물을 할짝거리고. 이따금 정신이 나는 듯 가랑잎은 부수수 하고 떨린다. 산산한 산들바람. 귀여운 들국화는 그 품에 새뜩새뜩 넘논다. 흙내와 함께 향긋한 땅김이 코를 찌른다. 요놈은 싸리버섯, 요놈은 잎 썩은 내, 또 요놈은 송이――아니, 아니, 가시넝쿨 속에 숨은 박하풀 냄새로군.

응칠이는 뒷짐을 딱 지고 어정어정 노닌다. 유유히 다리를 옮겨놓으며 이 나무 저 나무 사이로 호아든다. 코는 공중에서 벌렸다 오므렸다 연신 이러며 훅, 훅. 구붓한 한 송목 밑에 이르자 그는 발을 멈춘다. 이번에는 지면에 코를 얕이 갖다 대고 한 바퀴 비잉, 나무를 끼고 돌았다.

'아하, 요놈이로군!'

썩은 솔잎에 덮여 흙이 봉곳이 돋아 올랐다.

그는 손가락을 꾸짖으며 정성스레 살살 헤쳐본다. 과연 귀여운 송이. 망할 녀석, 조금만 더 나오지, 그걸 뚝 따 들곤 뒷짐을 지고 다시 어실렁어실렁. 가끔 선하품은 터진다. 그럴 적마다 두 팔을 떡 벌리곤 먼 하늘을 바라보고 늘어지게도 기지개를 늘인다.

때는 한창 바쁠 추수 때이다. 농군치고 송이파적 나올 놈은 생겨나도 않았으리라. 허나 그는 꼭 해야만 할 일이 없었다. 싶으면 하고 말면 말고 그저 그뿐. 그러함에는 먹을 것이 더럭 있느냐면 있기는커녕 부쳐 먹을 농토조차 없는, 계집도 없고 집도 없고 자식 없고. 방은 있대야 남의 곁방이요 잠은 새우잠이요. 하지만 오늘 아침만 해도 한 친구가 찾아와서 벼를 털 텐데 일 좀 와 해 달라는 걸 마다하였다. 몇 푼 바람에 그까짓 걸 누가 하느냐보다는 송이가 좋았다. 왜냐면 이 땅 삼천리 강산에 늘여놓인 곡식이 말짱 뉘 것이람. 먼저 먹는 놈이 임자 아니야. 먹다 걸릴 만치 그토록 양식을 쌓아두고 일이 다 무슨 난장맞을 일이람. 걸리지 않도록 먹을 궁리나 할 게지. 하기는 그도 한 세 번이나 걸려서 구메밥으로 사관을 틀었다. 마는, 결국 제 밥상 위에 올라앉은 제 몫도 자칫하면 먹다 걸리긴 매일반——

올라갈수록 덤불은 우거졌다. 머루며 다래, 칡, 게다 이름 모를 잡초. 이것들이 위아래로 이리저리 서려 좀체 길을 내지 않는다. 그는 잔디길로만 돌았다. 넓적다리가 벌죽이는 찢어진 고의 자락을 아끼며 조심조심 사려 딛는다. 손에는 칡으로 엮어 든 일곱 개 송이. 늙은 소나무마다 가선 두리번거린다. 사냥개 모양으로 코로 쿡, 쿡, 내를 한다. 이것도 송이 같고 저것도 송이. 어떤 게 알짜 송이인지 분간을 모른다. 토끼똥이 소보록한데 갈잎이 한 잎 뚝 떨어졌다. 그 잎을 살며시 들어보니 송이 대구리가 불쑥 올라왔다. 매우 큰 송이인 듯. 그는 반색하여 그 앞에 무릎을 털썩 꿇었다. 그리고 그 위에 두 손을 내들며 열 손가락을 다 펴 들었다. 가만가만히 살살 흙을 헤쳐본다. 주먹만한 송이가 나타난다. 애 이놈 크구나. 손바닥 위에 따 올려놓고는 한참 들여다보며 싱글벙글한다. 우중충한 구석으로 바위는 벽같이 깎아질렀다. 그 중턱을 얽어 나간 칡잎에서는 물이 쪼록쪼록 흘러내린다. 인삼이 썩어 내리는 약수라 한다. 그는 돌 위에 걸터앉으며 또 한 번 하품을 하였다. 간밤 쓸데없는 노름에 밤을 팬 것이 몹시 나른하였다. 따사로운 햇발이 숲을 새어든다. 다람쥐가 솔방울을 떨어치며. 어여쁜 할미새는 앞에서

알씬거리고. 동리에서는 타작을 하느라고 와글거린다. 흥겨워 외치는 목성, 그걸 억누르고 공중에 응, 응, 진동하는 벼 터는 기계 소리. 맞은쪽 산속에서 어린 목동들의 노래는 처량히 울려온다. 산속에 묻힌 마을의 전경을 멀리 바라보다가 그는 눈을 찌긋하며 다시 한 번 하품을 뽑는다. 이 웬놈의 하품일까. 생각해 보니 어제 저녁부터 여태껏 창자가 곯렸던 것이다. 불현듯 송이 꾸러미에서 그중 크고 먹음직한 놈을 하나 뽑아 들었다.

응칠이는 그 송이를 물에 써억써억 비벼서는 떡 벌어진 대구리부터 걸삼스레 덥석 물어 떼었다. 그리고 넓죽한 입이 움질움질 씹는다. 혀가 녹을 듯이 만질만질하고 향기로운 그 맛. 이렇게 훌륭한 놈을 입맛만 다시고 못 먹다니. 문득 옛 추억이 혀끝에 뱅뱅 돈다. 이놈을 맛보는 것도 참 근자의 일이다. 감불생심이지 어디 냄새나 똑똑히 맡아보리. 산속으로 쏘다니다 백판 못 따기도 하려니와 더러 딴다는 놈은 행여 상할까 봐 손도 못 대게 하고 집에 나려다 모으고 모으고 하는 것이다. 그러나 요행히 한 꾸러미 차면 금시로 장에 가져다 판다. 이틀 사흘씩 공들인 거로되 잘하면 사십 전, 못 받으면 이십오 전. 저녁거리를 기다리는 아내를 생각하며 좁쌀 서너 되를 손에 사 들고 어두운 고개를 터덜터덜 올라오는 건 좋으나 이 신세를 뭣에 쓰나 하고 보면 을프냥궂기가 짝이 없겠고――이까짓 걸 못 먹어 그래 홧김에 또 한 놈을 뽑아 들고 이번엔 물에 흙도 씻을 새 없이 그대로 텁석거린다. 그러나 다른 놈들도 별수없으렷다. 이 산골이 송이의 본고향이로되 아마 일 년에 한 개조차 먹는 놈이 드물리라.

'흠, 썩어진 두상들!'

그는 폭넓은 얼굴을 일그리며 남이나 들으란 듯이 이렇게 비웃는다. 썩었다 함은 데생겼다 모멸하는 그의 언투였다. 먹다 나머지 송이 꽁댕이를 바로 자랑스러이 입에다 치뜨리곤 트림을 섞어가며 우물거린다.

송이 두 개가 들어가니 인제는 더 먹을 재미가 없다. 뭔가 좀 든든한 걸 먹었으면 좋겠는데. 떡, 국수, 말고기, 개고기, 돼지고기, 그렇지 않으면 쇠고기냐. 아따 궁한 판이니 아무거나 있으면 속중으로 여러 가질 먹으며 시름없이 앉았다. 그는 눈꼴이 슬그머니 돌아간다. 웬 놈의 닭인지 암탉 한 마리가 조 아래 무덤 앞에서 뺑뺑 맨다. 골골거리며 감도는 걸 보매 아마 알 자리를 보는 맥이라. 그는 돌에서 궁둥이를 들었다. 낯은 하늘로 외면하여 못 본 척하고 닭을 향하여 저켠으로 널찍이 돌아내린다. 그러나 무덤까지 왔을 때 몸을 돌리며,

"후, 후, 후, 이 자식이 어딜 가 후——"

두 팔을 벌리고 쫓아간다. 산꼭대기로 치모니 닭은 허둥지둥 갈 길을 모른다. 요리 매낀 조리 매낀, 꼬꼬댁거리며 속만 태울

뿐. 그러나 바위틈에 끼어 왁살스러운 그 주먹에 모가지가 둘로 나가기에는 불과 몇 분 못 걸렸다.

그는 으슥한 숲 속으로 찾아들었다. 닭의 껍질을 홀랑 까고서 두 다리를 들고 찢으니 배창이 옆구리로 꿰진다. 그놈은 긁어 뽑아서 껍질과 한데 뭉쳐 흙에 묻어버린다.

고기가 생기고 보니 연하여 나느니 막걸리 생각. 이걸 부글부글 끓여놓고 한 사발 떡 켰으면 똑 좋을 텐데 제—기. 응칠이의 고기는 어디 떨어졌는지 술집까지 못 가는 고기였다. 아무려나 고기 먹구 술 먹구 거꾸론 못 먹느냐. 그는 닭의 가슴패기를 입에 들여대고 쭉 찢어가며 먹기 시작한다. 쫄깃쫄깃한 놈이 제법 맛이 들었다. 가슴을 먹고 넓적다리, 볼기짝을 먹고 거반 반쯤을 다 해내고 나니 어쩐지 맛이 좀 적었다. 결국 음식이란 양념을 해야 하는군.

수풀 속으로 그냥 내던지고 그는 설렁설렁 내려온다. 솔숲을 빠져 화전께로 내리려 할 때 별안간 등뒤에서,

"여보게, 거 응칠이 아닌가."

고개를 돌려보니 대장간 하는 성팔이가 작달막한 체수에 들갑작거리며 고개를 넘어온다. 그런데 무슨 긴한 일이나 있는지 부리나케 달려들더니,

"자네 응고개 논의 벼 없어진 거 아나?"

응칠이는 그만 가슴이 덜컥 내려앉았다. 이 바쁜 때 농군의

몸으로 응고개까지 애를 써 갈 놈도 없으려니와 또한 하필 절 보고 벼의 없어짐을 말하는 것이 여간 심상치 않은 일이었다.

잡담 제하고 응칠이는,

"자넨 어째서 응고개까지 갔던가?"

하고 대담스레도 그 눈을 쏘아보았다. 그러나 성팔이는 조금도 겁먹는 기색 없이,

"아, 어쩌다 지났지 뭘 그래."

하며 도리어 얼레발을 치고 덤비는 수작이다. 고얀 놈, 응칠이는 입때 다녀야 동무를 팔아 배를 채우는 그런 비열한 짓은 안 한다. 낯을 붉히자 눈에 물이 보이며,

"어쩌다 지났다?"

응칠이가 이 동리에 들어온 것은 어느덧 달이 넘었다. 인제는 물릴 때도 되었고, 좀 떠보고자 생각은 간절하나 아우의 일로 말미암아 망설거리는 중이었다.

그는 오라는 데는 없어도 갈 데는 많았다. 산으로 들로 해변으로 발부리 놓이는 곳이 즉 가는 곳이었다.

그러다 저물면 그대로 쓰러진다. 남의 방앗간이고 헛간이고 혹은 강가, 시새장. 물론 수가 좋으면 괴때기 위에서 밤을 편히 잘 적도 있었다. 이렇게 하여 강원도 어수룩한 산골로 이리 넘고 저리 넘고 못 간 데 별로 없이 유람 겸 편답하였다.

그는 한구석에 머물러 있음은 가슴이 답답할 만치 되우 괴로

웠다.

그렇다고 응칠이가 본시 역마 직성이냐 하면 그런 것도 아니다. 그도 오 년 전에는 사랑하는 아내가 있었고 아들이 있었고 집도 있었고, 그때야 어딜 하루라도 집을 떨어져보았으랴. 밤마다 아내와 마주 앉으면 어찌하면 이 살림이 좀 늘어볼까 불어볼까, 애간장을 태우며 갖은 궁리를 되하고 되하였다. 마는, 별 뾰족한 수는 없었다. 농사는 열심히 하는 것 같은데 알고 보면 남는 건 겨우 남의 빚뿐. 이러다가는 결말엔 봉변을 면치 못할 것이다. 하루는 밤이 깊어서 코를 골며 자는 아내를 깨웠다. 밖에 나아가 우리의 세간이 몇 개나 되는지 세어보라 하였다. 그리고 저는 벼루에 먹을 갈아 찍어 들었다. 벽을 바른 신문지는 누렇게 끄을렀다. 그 위에다 아내가 불러주는 물목대로 일일이 내려 적었다. 독이 세 개, 호미가 둘, 낫이 하나로부터 밥사발, 젓가락, 짚이 석 단까지 그 다음에는 제가 빚을 얻어온 데, 그 사람들의 이름을 쭉 적어놓았다. 금액은 제각기 그 아래다 달아놓고. 그 옆으론 조금 사이를 떼어 역시 조선문으로 나의 소유는 이것밖에 없노라. 나는 오십사 원을 갚을 길이 없으매 죄진 몸이라 도망하니 그대들은 아예 싸울 게 아니겠고 서로 의논하여 억울치 않도록 분배하여 가기 바라노라 하는 의미의 성명서를 벽에 남기자 안으로 문들을 걸어 닫고 울타리 밑 구멍으로 세 식구가 빠져 나왔다.

이것이 응칠이가 팔자를 고치던 첫날이었다.

그들 부부는 돌아다니며 밥을 빌었다. 아내가 빌어다 남편에게, 남편이 빌어다 아내에게. 그러자 어느 날 밤 아내의 얼굴이 썩 슬픈 빛이었다. 눈보라는 살을 에인다. 다 쓰러져가는 물방앗간 한구석에서 섬을 두르고 어린애에게 젖을 먹이며 떨고 있더니 여보게유, 하고 고개를 돌린다. 왜, 하니까 그 말이, 이러다간 우리도 고생일 뿐더러 첫째 어린애를 잡겠수, 그러니 서로 갈립시다, 하는 것이다. 하긴 그럴 법한 말이다. 쥐뿔도 없는 것들이 붙어 다닌댔자 별수는 없다. 그보담은 서로 갈리어 제 맘대로 빌어먹는 것이 오히려 가뜬하리라. 그는 선뜻 응낙하였다. 아내의 말대로 개가를 해가서 젖먹이나 잘 키우고 몸성히 있으면 혹 연분이 닿아 다시 만날지도 모르니깐, 마지막으로 아내와 같이 땅바닥에 나란히 누워 하룻밤을 떨고 나서 날이 훤해지자 그는 툭툭 털고 일어섰다.

매팔자란 응칠이의 팔자이겠다.

그는 버젓이 게트림으로 길을 걸어야 걸릴 것은 하나도 없다. 논 맬 걱정도, 호포 바칠 걱정도, 빚 갚을 걱정, 아내 걱정, 또는 굶을 걱정도. 호동그란히 털고 나서니 팔자 중에는 아주 상팔자다. 먹구만 싶으면 도야지구, 닭이구, 개구, 언제나 옆을 떠날 새 없겠지, 그리고 돈, 돈두——

그러나 주재소는 그를 노려보았다. 툭하면 오라, 가라, 하는데 학질이었다. 어느 동리고 가 있다가 불행히 일만 나면 누구보다도 그부터 붙들려간다. 왜냐면 그는 전과 사범이었다. 처음에는 도박으로 다음엔 절도로 또 고 담에도 절도로, 절도로. 그러나 이번 멀리 아우를 방문함은 생활이 궁하여 근대러 왔다거나 혹은 일을 해보러 온 것은 결코 아니었다. 혈족이라곤 단 하나의 동생이요, 또한 오래 못 본지라 때없이 그리웠다. 그래 모처럼 찾아온 것이 뜻밖에 덜컥 일을 만났다.

지금까지 논의 벼가 서 있다면 그것은 성한 사람의 짓이라 안 할 것이다.

응오는 응고개 논의 벼를 여태 베지 않았다. 물론 응오가 베어야 할 것이나 누가 듣던지 그 형 응칠이를 먼저 의심하리라. 그럼 여기에 따르는 모든 책임을 응칠이가 혼자 지지 않으면 안 될 것이다.

응오는 진실한 농군이었다. 나이 서른하나로 무던히 철났다 하고 동리에서 쳐주는 모범 청년이었다. 그런데 벼를 베지 않는다. 남은 다들 걷어들였고 털기까지 하련만 그는 벨 생각조차 않는 것이다.

지주라든 혹은 그에게 장리를 놓은 김 참판이든 뻔질 찾아와 벼를 베라 독촉하였다.

"얼른 털어서 낼 건 내야지."

하면 그 대답은,

"계집이 죽게 됐는데 벼는 다 뭐지유——"

하고 한결같이 내뱉는 소리뿐이었다.

하기는 응오의 아내가 지금 기지사경이매 틈은 없었다 하더라도 돈이 놀아서 약을 못 쓰는 이 판이니 진시 벼라도 털어야 할 것이다.

그러면 왜 안 털었던가.

그것은 작년 응오와 같이 지주 문전에서 타작을 하던 친구라면 묻지는 않으리라. 한 해 동안 애를 졸이며 홑자식 모양으로 알뜰히 가꾸던 그 벼를 걷어들임은 기쁨에 틀림없었다. 꼭두새벽부터 엣, 엣, 하며 괴로움을 모른다. 그러나 캄캄하도록 털고 나서 지주에게 도지를 제하고, 장리 쌀을 제하고, 색조를 제하고 보니 남는 것은 등줄기를 흐르는 식은땀이 있을 따름. 그것은 슬프다 하니보다 끝없이 부끄러웠다. 같이 털어주던 동무들이 뻔히 보고 섰는데 빈 지게로 덜렁거리며 집으로 돌아오는 건 진정 열적기 짝이 없는 노릇이었다. 참다 참다 응오는 눈에 눈물이 흘렀던 것이다.

가뜩한데 엎치고 덮치더라고 올해는 고나마 흉작이었다. 샛바람과 비에 벼는 깨깨 비틀렸다. 이놈을 가을하다간 먹을 게 남지 않음은 물론이요 빚도 다 못 가릴 모양. 에라, 빌어먹을 거 너들끼리 캐다 먹든 말든 멋대로 하여라, 하고 내던져두지 않을 수 없다. 벼를 걷었다고 말만 나면 빚쟁이들은 우 몰려들 거니깐.

응칠이의 죄목은 여기에서도 또렷이 드러난다. 국으로 가만만 있었으면 좋은 걸 이 사품에 뛰어들어 지주의 뺨을 제법 갈긴 것이 응칠이였다.

처음에야 그럴 작정이 아니었다. 그는 여러 곳 물을 마신 만치 어지간히 속이 트인 건달이었다. 지주를 만나 까놓고 썩 좋은 소리로 의논하였다. 올 농사는 반실이니 도지도 좀 감해주는 게 어떠냐고. 그러나 지주는 암말 없이 고개를 모로 흔들었다. 정 이러면 하여튼 일 년 품은 빼야 할 테니 나는 그 놈에다 불을 지르겠수, 하여도 잠자코 응치 않는다. 지주로 보면 자기로도 그 벼는 넉넉히 걷어들일 수는 있다. 마는, 한 번 버릇을 잘못해 놓으면 여느 작인까지 행실을 버릴까 염려하여 겉으로 독촉만 하고 있는 터였다. 실상이야 고까짓 벼쯤 있어도 고만 없어도 고만——그 심보를 눈치채고 응칠이는 화를 벌컥 낸 것만은 좋으나 저도 모르게 대뜸 주먹 뺨이 들어갔던 것이다.

이렇게 문제 중에 있는 벼인데 귀신의 놀음 같은 변괴가 생겼다. 다시 말하면 벼가 없어졌다. 그것도 병들어 쓰러진 쭉정이는 제쳐놓고 무얼로 그랬는지 말짱 이삭만 따갔다. 그 면적으로 어림하면 아마 못 돼도 한 댓 말 가량은 될는지!

응칠이가 아침 일찍이 그 논께로 노닐자 이걸 발견하고 기가 막혔다. 누굴 성가시게 하려고 그러는지. 산속에 파묻힌 논이라 아직은 본 사람이 없는 모양 같다. 허나 동리에 이 소문이 퍼지기만 하면 저는 어느 모로 보든 혐의를 받아 페는 좋이 입어야 될 것이다.

응칠이는 송이도 송이려니와 실상은 궁리에 바빴다. 속중으로 지목 갈 만한 놈을 여럿 들어보았으나 이렇다 짚을 만한 증거가 없다. 어쩌면 재성이나 성팔이 이 둘 중의 짓이리라, 하고 결국 이렇게 생각 든 것도 응칠이가 아니면 안 될 것이다.

원수는 외나무다리에서 만났다.

응칠이는 저의 짐작이 들어맞음을 알고 당장에 일을 낼 듯이 성팔이의 눈을 들이 노렸다.

성팔이는 신이 나서 떠들다가 그 눈총에 어이가 질려 고만 벙벙하였다. 그리고 얼굴이 해쓱하여 마주 대고 쳐다보더니,

"그래, 자네 왜 그케 노하나. 지내다 보니깐 그렇길래 일테면 자네보고 얘기지 뭐……."

하고 뒷갈망을 못하여 우물쭈물한다.

"노하긴 누가 노해!"

응칠이는 빼팅겼던 몸에 좀더 힘을 올리며,

"응고개를 어째 갔더냐 말이지?"

"놀러 갔다 오는 길인데 우연히……."

"놀러 갔다, 거기가 노는 덴가?"

"글쎄, 그렇게까지 물을 게 뭔가. 난 응고개 아니라 서울은 못 갈 사람인가."
하다가 성팔이는 속이 타는지 코로 흐응 하고 날숨을 길게 뽑는다.

이렇게 나오는 데는 더 물을 필요가 없었다. 성팔이란 놈도 여간내기가 아니요 구장네 솔인가 뭔가 떼다 먹고 한 번 다녀온 놈이었다. 많이 사귀지는 못했으나 동리 평판이 그놈과 같이 다니다가는 엉뚱한 일 만난다 한다. 이번에 응칠이 저 역시 그 섭수에 걸렸음을 알고,

"그야 응고개라고 못 갈 리 없을 테……."
하고 한 번 엇먹다, 그러나 자네두 아다시피 거 어디야, 거기 바로 길이 있다든지 사람 사는 동리라면 혹 모른다 하지마는 성한 사람이야 응고개엘 뭘 먹으러 가나, 그렇지 자네야 심심하니까, 하고 앞을 꽉 눌러 등을 떠본다.

여기에는 대답 없고 성팔이는 덤덤히 쳐다만 본다. 무엇을 생각했는가 한참 있더니 호주머니에서 단풍갑을 꺼낸다. 우선 제가 한 개를 물고 또 하나를 뽑아 내대며,

"궐련 하나 피우게."

매우 듬직한 낯을 해 보인다.

이놈이 이에 밝기가 몹시 밝은 성팔이다. 턱없이 궐련 하나라도 선심을 쓸 궐자가 아니리라, 생각은 하였으나 그렇다고

예까지 부르대는 건 도리어 저의 처지가 불리하다. 그것은 짜장 그 손에 넘는 짓이니,

"야, 웬 궐련은이래."

하고 슬쩍 눙치며,

"성냥 있겠나?"

일부러 불까지 거대게 하였다.

응칠이에게 액을 떠넘겨 이용하려는 고 야심을 생각하면 곧 달려들어 다리를 꺾어놔야 옳을 것이다. 그러나 이 마당에 떠들어대고 보면 저는 드러누워 침 뱉기. 결국 도적은 뒤로 잡지 앞에서 어르는 법이 아니다. 동리에 소문이 퍼질 것만 두려워하며,

"여보게, 자네가 했건 내가 했건 간."

하고 과연 정다이 그 등을 툭 치고 나서,

"우리 둘만 알고 동리에 말은 내지 말게."

하다가 성팔이가 이 말에 되우 놀라며 눈을 말똥말똥 뜨니,

"그까짓 벼쯤 먹으면 어떤가!"

하고 껄껄 웃어버린다.

성팔이는 한 굽 접히어 말문이 메었는지 얼떨하여 입맛만 다신다.

"아예 말은 내지 말게, 응 알지."

하고 다시 다질 때에야 겨우 주저주저 입을 열어,

"내야 무슨 말을 내겠나."
하고 조금 사이를 떼어 또,
"내야 무슨 말을…… 그건 염려 말게."
하더니 비실비실 몸을 돌려 저 갈 길을 내걷는다. 그러나 저 앞 고개까지 가는 동안에 두 번이나 돌아다보며 이쪽을 살피고 살피고 한 것만은 사실이었다.

응칠이는 그 꼴을 이윽히 바라보고 입 안으로 죽일 놈, 하였다. 아무리 도적이라도 같은 동료에게 제 죄를 넘겨씌우려 함은 도저히 의리가 아니다.

그건 그렇다 치고 응오가 더 딱하지 않은가. 기껏 힘들여 지어놓았다 남 좋은 일 한 것을 안다면 눈이 뒤집힐 일이겠다.

이래서야 어디 이웃을 믿어보겠는가.

확적히 증거만 있어 이놈을 잡으면 대번에 요절을 내리라 결심하고 응칠이는 침을 탁 뱉어 던지고 산을 내려온다.

그런데 그놈의 행태로 가늠 보면 응칠이 저만치는 때가 못 벗은 도적이다. 어느 미친놈이 논두렁에까지 가새를 들고 오는가. 격식도 모르는 풋둥이가. 그러려면 바로 조 낟가리나 수수 낟가리 말이지. 그 속에 들어앉아 가새로 속닥거려야 들킬 리도 없고 일도 편하고. 두 포대고 세 포대고 마음껏 딸 수도 있다. 그러다 틈 보고 집으로 나르면 그만이지만 누가 논의 벼를 다――그렇게도 벼에 걸신이 들었다면 바로 남의 집 머슴으로 들어가 한 달포 동안 주인 앞에 얼렁거리는 것이어니와 신용을 얻어놨다가 주는 옷이나 얻어 입고 다들 잠들거든 볏섬이나 두둑이 짊어 메고 덜렁거리면 그뿐이다. 이건 맥도 모르는 게 남도 못살게 굴려고 에—이 망할 자식두. 그는 분노에 살이 다 부들부들 떨리는 듯싶었다. 그러나 이런 좀도적이란 뽕이 나기 전에는 바짝 물고 덤비는 법이었다. 오늘 밤에는 요놈을 지켰다 꼭 붙들어 가지고 정강이를 분질러 놓으리라. 밥을 먹고는 태연히 막걸리 한 사발을 껄떡껄떡 들이켜자,

"커! 가을이 되니깐 맛이 한결 낫군!"

그는 주먹으로 입가를 쓱쓱 훔친 다음 송이 꾸림에서 세 개를 뽑는다. 그리고 그걸 갈퀴같이 마른 주막 할머니 손에 내어주며,

"엣수, 송이나 잡숫게유."

하고 술값을 치렀으나,

"아이, 송이두 고놈 참."

간사를 피우는 것이 겉으로는 반기는 척하면서도 좀 시쁜 모양이다. 제딴은 한 개에 삼 전씩 치더라도 구 전밖에 안 되니깐.

응칠이는 슬며시 화가 나서 그 얼굴을 유심히 들여다보았다. 움푹 들어간 볼때기에 저건 또 왜 저리 멋없이 불거졌는지 툭 나온 광대뼈하구 치마 아래로 남실거리는 발가락은 자칫 잘못 보면 황새 발목이니 이건 언제 잡아가려고 남겨두는 거야——

보면 볼수록 하나 이쁜 데가 없다. 한두 번 먹은 것두 아니요 언젠간 울타리께 풀을 베어주고 술 사발이나 얻어먹은 적도 있었다. 고렇게 야멸치게 따질 건 뭔가.

그는 눈살을 흘낏 맞추고는 하나를 더 꺼내어,

"엣수, 또 하나 잡숫게유!"

내던져주곤 댓돌에 가래침을 탁 뱉었다.

그제야 식성이 좀 풀리는지 그 가축으로 웃으며,

"아이구, 이거 자꾸 줌 어떡해."

"어떡하긴, 자꾸 살찌게유."

하고 한마디 툭 쏘고 일어서다가 무엇을 생각함인지 다시 툇마루에 주저앉았다.

"그런데 참 요즘 성팔이 보셨수?"

"아—니, 당최 볼 수가 없더구먼."

"술도 안 먹으러 와유?"

"안 와."

하고는 입 속으로 뭐라고 중얼거리며 의아한 낯을 들더니,

"왜, 또 뭐 일이……?"

"아니유, 본 지가 하 오래니깐!"

응칠이는 말끝을 얼버무리고 고개를 돌려 한데를 바라본다. 벌써 점심때가 되었는지 닭들이 요란히 울어댄다. 논둑의 미루나무는 부 하고 또 부 하고 잎이 날리며 팔랑팔랑 하늘로 올라

간다.

"성팔이가 이 마을에서 얼마나 살았지요?"

"글쎄, 재작년 가을이지 아마."

하고 장죽을 빡빡 빨더니,

"근데 또 떠난대던걸, 홍천인가 어디 즈 성님한테로 간대."

하고 그게 옳지, 여기서 뭘 하느냐, 대장간이라구 일이나 많으면 모르거니와 밤낮 파리만 날리는걸. 그보다는 즈 형이 크게 농사를 짓는다니 그 뒤나 거들어주고 국으로 얻어먹는 게 신상에 편하겠지. 그래 불일간 처자식을 데리고 아마 떠나리라고 하고,

"농군은 그저 농사를 지야 돼."

"낼 술 먹으러 또 오지유."

간단히 인사만 하고 응칠이는 다시 일어났다.

주막을 나서니 옷깃을 스치는 개운한 바람이다. 밭 둔덕의 대추는 척척 늘어진다. 머지않아 겨울은 또 오렷다. 그는 응오의 집을 바라보며 그간 죽었는지 궁금하였다.

응오는 봉당에 걸터앉았다. 그 앞 화로에는 약이 바글바글 끓는다. 그는 정신없이 들여다보고 앉았다.

우중충한 방에서는 아내의 가쁜 숨소리가 들린다. 색, 색 하다가 아이구, 하고는 까무러지게 콜록거린다. 가래가 치밀어 몹시 괴로운 모양. 뽑아줄 사이가 없이 풀들은 뜰에 엉겼다. 흙

이 드러난 지붕에서 망초가 휘어청휘어청. 바람은 가끔 찾아와 싸리문을 흔든다. 그럴 적마다 문은 을씨년스럽게 삐—꺽 삐—꺽. 이웃의 발발이는 부엌에서 한창 바쁘게 달그락거린다. 마는, 아침에 아내에게 먹이고 남은 조죽밖에야. 아니 그것도 참 남편이 마저 긁었으니 사발에 붙은 찌꺼기뿐이리라.

"거, 다 졸았나 부다."

응칠이는 약이란 다 졸면 못쓰니 고만 짜 먹이라 하였다. 약이라야 어제 저녁 울 뒤에서 옮아들인 구렁이지만.

그러나 응오는 듣고도 흘렸는지 혹은 못 들었는지 잠자코 고개도 안 든다.

"옛다, 송이 맛이나 봐라."

하고 형이 손을 내밀 제야 겨우 시선을 들었으나 술이 거나한 그 얼굴을 거북상스레 훑어본다. 그리고 송이를 고맙지 않게 받아 방으로 치뜨리고는,

"이거나 먹어."

하다가,

"뭐?"

소리를 크게 질렀다. 그래도 잘 들리지 않으므로,

"뭐야 뭐야, 좀 똑똑히 하라니깐?"

하고 골피를 찌푸린다.

그러나 아내는 손짓만으로 무슨 소린지 알 수가 없다. 음성

으로 치느니보다 조히 비비는 소리랄지, 그걸 듣기에는 지척도 멀었다.

가만히 보다 응칠이는 제가 다 불안하여,

"뒤보겠다는 게 아니냐?"

"그럼 그렇다 말이 있어야지."

남편은 이내 짜증을 내며 몸을 일으킨다. 병약한 아내의 음성이 날로 변하여감을 시방 안 것도 아니련만――그는 방바닥에 늘어져 꼬치꼬치 마른 반 송장을 조심히 일으켜 등에 업었다.

울 밖 밭머리에 잿간은 놓였다. 머리가 눌릴 만치 납작한 갑갑한 굴속이다. 게다 거미줄은 예제없이 엉켰다. 부추돌 위에 내려놓으니 아내는 벽을 의지하여 웅크리고 앉는다. 그리고 남편은 눈을 멀뚱멀뚱 뜨고 지키고 섰는 것이다.

이 꼴들을 멀거니 바라보다 응칠이는 마뜩지 않게 코를 횅, 풀며 입맛을 다셨다. 응오의 짓이 어리석고 울화가 터져서이다. 요즘 응오가 형에게 잘 말도 않고 왜 어딱비딱하는지 그 속은 응칠이도 모르는 바 아닐 것이다.

응오가 이 아내를 찾아올 때 꼭 삼 년 간을 머슴을 살았다. 그처럼 먹고 싶던 술 한잔 못 먹었고, 그처럼 침을 삼키던 그 개고기 한 메 물론 못 샀다. 그리고 사경을 받는 대로 꼭꼭 장리

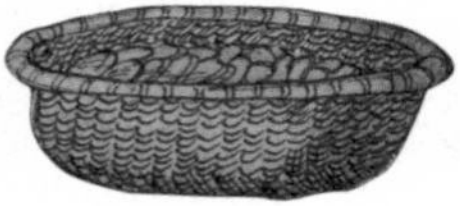

를 놓았으니 후일 선채로 썼던 것이다. 이렇게까지 근사를 모아 얻은 계집이련만 단 두 해가 못 가서 이 꼴이 되고 말았다.

그러나 이 병이 무슨 병인지 도시 모른다. 의원에게 한 번이라도 변변히 보여본 적이 없다. 혹 안다는 사람의 말인즉 뇌점이니 어렵다 하였다. 돈만 있으면야 뇌점이고 염병이고 알 바가 못 될 거로되 사날 전 거리로 쫓아 나오며,

"성님!"

하고 팔을 챌 적에는 응오도 어지간히 급한 모양이었다.

"왜?"

응칠이가 몸을 돌리니 허둥지둥 그 말이, 인제는 별 도리가 없다. 있다면 꼭 한 가지가 남았으니 그것은 엊그저께 산신을 부리는 노인이 이 마을에 오지 않았는가. 그 노인이 응오를 특히 동정하여 십오 원만 들여 산치성을 올리면 씻은 듯이 낫게 해주리라는데.

"성님은 언제나 돈 만들 수 있지유?"

"거, 안 된다. 치성 들여 날 병이 그냥 안 낫겠니."

하여 여전히 딱 떼고 그러게 내 뭐래든, 애전에 계집 다 내버리고 날 따라 나서랬지, 하고,

"그래 농군의 살림이란 제 목매기라지!"

그러나 아우가 암말 없이 몸을 홱 돌려 집으로 들어갈 제 응칠이는 속으로 또 괜한 소리를 했구나, 하였다.

응오는 도로 아내를 업어다 방에 뉘었다. 약은 다 졸았다. 물이 식기 전 짜야 할 것이다. 식기를 기다려 약사발을 입에 대어 주니 아내는 군말 없이 그 구렁이 물을 꿜떡꿜떡 들이마신다.

응칠이는 마당에 우두커니 앉았다. 사람의 목숨이란 과연 중하군, 하였다. 그러나 계집이라는 저 물건이 저렇게 떼기 어렵도록 중할까, 하니 암만해도 알 수 없고.

"너 참 요 건너 성팔이 알지?"

"……."

"너허구 친하냐?"

"……."

"성이 뭐래는데 거 대답 좀 하렴."

하고 소리를 빽 질러도 아우는 대답은 말고 고개도 안 든다. 그러나 응칠이는 하늘을 쳐다보고 트림만 끄윽 하고 말았다. 술기가 코를 콱콱 찔러야 할 터인데 이건 풋김치 냄새만 코밑에서 뱅뱅 돈다. 공짜 김치만 퍼먹을 게 아니라 한잔 더 했다면 좋았을걸. 그는 일어서서 대를 허리에 꽂고 궁둥이의 흙을 털었다. 벼 도적 맞은 이야기를 할까, 하다가 아서라 가뜩이나 울상이 속이 쓰릴 것이다. 그보다는 이놈을 잡아놓고 낭중 희자를 뽑는 것이 점잖겠지.

그는 문밖으로 나와버렸다.

답답한 아우의 살림을 보니 역시 답답하던 제 살림이 연상되고 가슴이 두루 답답하였다.

이런 때에는 무가 십상이다. 사실 하느님이 무를 마련해 낸 것은 참으로 은혜로운 일이다. 맥맥할 때 한 개를 씹고 보면 꿀꺽 하고 쿡 치는 그 맛이 좋고, 남의 무밭에 들어가 하나를 쑥 뽑으니 가락 무. 이키, 이거 오늘 운수 대통이로군. 내던지고 그 다음 놈을 뽑아 들고 개울로 내려온다. 물에 쓱쓰윽 닦아서는 꽁지는 이로 베어 던지고 어썩 깨물어 붙인다.

개울 둔덕에 포플러는 호젓하게도 매출히 컸다. 자갈돌은 그 밑에 옹기종기 모였다. 가생이로 잔디가 소보록하다. 응칠이는 나가자빠져 마을을 건너다보며 눈을 멀뚱멀뚱 굴리고 누웠다. 산이 빽빽 둘리어 숨이 콕 막힐 듯한 그 마을.

아리랑 아리랑 아라리요
아리랑 띄여라 노다 가세
증기차는 가자고 왼고동 트는데
정든 님 품 안고 낙누낙누
아리랑 아리랑 아라리요
아리랑 띄여라 노다 가세
낼 갈지 모레 갈지 내 모르는데
옥씨기 강낭이는 심어 뭐 하리
아리랑 아리랑 아라리요

아리랑 띄여라…….

그는 콧노래를 이렇게 흥얼거리다 갑작스레 강릉이 그리웠다. 펄펄 뛰는 생선이 좋고, 아침 햇살에 빛겨 힘차게 출렁거리는 그 물결이 좋고. 이까짓 둠 구석에서 쪼들리는 데 대다니. 그래도 저의 딴엔 무어 농사 좀 지었답시고 악을 복복 쓰며 잘도 떠들어댄다. 하지만 그런 중에도 어디인가 형언치 못할 쓸쓸함이 떠돌지 않는 것도 아니다. 삼십여 년 전 술을 빚어놓고 쇠를 울리고 흥에 질려 어깨춤을 덩실거리고 이러던 가을과는 저 딴쪽이다. 가을이 오면 기쁨에 넘쳐야 될 시골이 점점 살기만 띠어옴은 웬일일꼬. 이렇게 보면 재작년 가을 어느 밤 산중에서 낫으로 사람을 찍어 죽인 강도가 문득 머리에 떠오른다. 장을 보고 오는 농군을 농군이 죽였다. 그것도 많이나 되었으면 모르되 빼앗은 것이 한끗 동전 네 닢에 수수 일곱 되, 게다가 흔적이 탄로날까 하여 낫으로 그 얼굴의 껍질을 벗기고 조깃대강이 이기듯 끔찍하게 남기고 조긴 망나니다. 흉악한 자식. 그 알량한 돈 사 전에, 나 같으면 가여워 덧돈을 주고라도 왔으리라. 이번 놈은 그 따위 각다귀나 아닐는지 할 때 찬 김과 아울러 치미는 소름에 머리끝이 다 쭈뼛하였다. 그간 아우의 농사를 대신 돌봐주기에 이럭저럭 날이 늦었다. 오늘 밤에는 이놈을 다리를 꺾어놓고 내일쯤은 봐서 설렁설렁 뜨는 것이 옳은 일이겠다. 이 산을 넘을까 저 산을 넘을까 주저거리며 속으로 점을 치다가 슬그머니 코를 골아 올린다.

밤이 내리니 만물은 고요히 잠이 든다. 검푸른 하늘에 산봉우리는 울퉁불퉁 물결을 치고 흐릿한 눈으로 별은 떴다. 그러다 구름 떼가 몰려 닥치면 깜깜한 절벽이 된다. 또한 마을 한복판에는 거친 바람이 오락가락 쓸쓸히 궁글고 이따금 코를 찌르는 후련한 산사 냄새. 북쪽 산밑 미루나무에 싸여 주막이 있는데 유달리 불이 반짝인다. 노세, 노세, 젊어서 놀아. 노랫소리는 나직나직 한산히 흘러온다. 아마 벼를 뒷심 대고 외상이리라.

응칠이는 잠자코 벌떡 일어나 바깥으로 나섰다. 그리고 다 나와서야 그 집 친구에게 눈치를 안 채이도록,

"내 잠깐 다녀옴세!"

"어딜 가나?"

친구는 웬 영문을 몰라서 뻔히 쳐다보다 밤이 이렇게 늦었으니 나갈 생각 말고 어여 이리 들어와 자라 하였다. 기껏 둘이 앉아서 개코 쥐코 떠들다가 갑자기 일어서니깐 꽤 이상한 모양이었다.

"건너 마을 가 담배 한 봉 사올라구."

"담배 여기 있는데 또 사 뭐 하나?"

친구는 호주머니에서 굳이 희연봉을 꺼내어 손에 들어 보이더니,

"이리 들어와 섬이나 좀 쳐주게."

"아 참, 깜빡……."

하고 응칠이는 미안스러운 낯으로 뒤통수를 긁죽긁죽한다. 하기는 섬을 좀 쳐 달라고 며칠째 당부하는 걸 노름에 몸이 팔려 그만 잊고 잊고 했던 것이다. 먹고 자고 이렇게 신세를 지면서 이건 썩 안됐다, 생각은 했지마는,

"내 곧 다녀올걸 뭐……."

어정쩡하게 한마디 남기곤 그 집을 뒤에 남긴다. 그러나 이 친구는,

"그럼, 곧 다녀오게!"

하고 때를 재치는 법은 없었다. 언제나 여일같이,

"그럼 잘 다녀오게!"

이렇게 그 신상만 편하기를 비는 것이다.

응칠이는 모든 사람이 저에게 그 어떤 경의를 갖고 대하는 것을 가끔 느끼고 어깨가 으쓱거린다. 백판 모르는 사람도 데리고 앉아서 몇 번 말만 좀 하면 대번 구부러진다. 그렇게 장한 것인지 그 일을 하다가, 그 일이라야 도적질이지만, 들어가 욕보던 이야기를 하면 그들은 눈을 커다랗게 뜨고,

"아이구, 그걸 어떻게 당하셨수!"

하고 적이 놀라면서도,

"그래 그 돈은 어떻게 했수?"

"또 그럴 생각이 납디까요?"

"참, 우리 같은 농군에 대면 호강살이유!"

하고들 한편 썩 부러운 모양이었다. 저들도 그와 같이 진탕 먹고 살고는 싶으나 주변 없어 못하는 그 울분에서 그런 이야기만 들어도 다소 위안이 되는 것이다. 응칠이는 이걸 잘 알고 그 누구를 논에다 거꾸로 박아놓고 달아나다가 붙들려 경치던 이야기를 부지런히 하며,

"자네들은 안적 멀었네, 멀었어."

하고 흰소리를 치면 그들은, 옳다는 뜻이겠지, 묵묵히 고개만 꺼떡꺼떡하며 속없이 술을 사주고 담배를 사주고 하는 것이다.

그런데 이번 벼를 훔쳐간 놈은 응칠이를 마구 넘보는 모양 같다.

이렇게 생각하면 응칠이는 더욱 괘씸하였다. 그는 물푸레 몽둥이를 벗삼아 논둑길을 질러서 산으로 올라간다.

이슥한 그믐은 칠야.

길은 어둡고 흐릿한 언저리만 눈앞에 아물거린다.

그 논까지 칠 마장은 느긋하리라. 이 마을을 벗어나는 어귀에 고개 하나를 넘는다. 또 하나를 넘는다. 그러면 그 다음 고개와 고개 사이에 수목이 울창한 산중턱을 비겨 대고 몇 마지기의 논이 놓였다. 응오의 논은 그중의 하나였다. 길에서 썩 들어앉은 곳이라 잘 뵈도 않는다. 동리에 그런 소문이 안 났을 때

에는 천행으로 본 놈이 없을 것이나 반드시 성팔이의 성행임에 는…….

응칠이는 공동묘지의 첫 고개를 넘었다. 그리고 다음 고개의 마루턱을 올라섰을 때 다리가 주춤하였다. 저 왼편 높은 산고랑에서 불이 반짝하다 꺼진다. 짐승 불로는 너무 흐리고…… 아—하, 이놈들이 또 왔군. 그는 가던 길을 옆으로 새었다. 더듬더듬 나뭇가지를 짚으며 큰 산으로 올라간다. 바위는 미끄러내리며 발등을 찧는다. 딸기 가시에 종아리는 따갑고 엉금엉금 기어서 바위를 끼고 감돈다.

산, 거반 꼭대기에 바위와 바위가 어깨를 맞대고 움쑥 들어간 굴이 있다. 풀들은 뻗치어 굴문을 막는다.

그 속에 돌아앉아서 다섯 놈이 머리를 맞대고 수군거린다. 불빛이 샐까 염려다. 남폿불을 얕이 달아놓고 몸들을 바싹바싹 여미어 가린다.

"어서 후딱후딱 쳐, 갑갑해서 원."

"이번엔 누가 빠지나?"

"이 사람이지 뭘 그래."

"다시 섞어, 어서 이 따위 수작이야."

하고 한 놈이 골을 내고 화투를 빼앗아 제 손으로 섞다가 깜짝 놀란다. 그리고 버썩 대드는 응칠이를 벙벙히 쳐다보며 얼뚤한다.

그들은 응칠이가 오는 것을 완고척이 싫어하는 눈치였다. 이런 애송이 노름판인데 응칠이를 들였다가는 맥을 못쓸 것이다. 속으로는 되우 꺼렸다마는 그렇다고 응칠이의 비위를 건드림은 더욱 좋지 못하므로,

"아, 응칠인가, 어서 들어오게."

하고 선웃음을 치는 놈에,

"난 올 듯하기에, 자넬 기다렸지."

하며 어수대는 놈.

"하여튼 한 케 떠보세."

이놈들은 손을 잡아들이며 썩들 환영이었다.

응칠이는 그 속으로 들어서며 무서운 눈으로 좌중을 한 번 훑어보았다.

그런데 재성이도 그 틈에 끼어 있는 것이 아닌가. 사날 전만 해도 응칠이더러 먹을 양식이 없으니 돈 좀 취하라던 놈이. 의심이 부썩 일었다. 도적이란 흔히 이런 노름판에서 씨가 퍼진다. 고 옆으로 기호도 앉았다. 이놈은 며칠 전 제 계집을 팔았다. 그 돈으로 영동 가서 장사를 하겠다던 놈이 노름을 왔다. 제깟 주제에 딸 듯싶은가. 하나는 용구. 농사엔 힘 안 쓰고 노름에 몸이 달았다. 시키는 부역도 안 나온다고 동리에서 손두를 맞은 놈이다. 그리고 남의 집 머슴 녀석. 뽐을 내고 멋없이 점잔을 피우는 중늙은이 상투쟁이. 이 물건은 어서 날아왔는지

보도 못하던 놈이다. 체 이것들이 뭘 한다구!

응칠이는 기호의 등을 꾹 찔러 가지고 밖으로 나왔다. 외딴 곳으로 데리고 와서,

"자네 돈 좀 없겠나?"

하고 돌아서다가,

"웬걸 돈이 어디……."

눈치만 남고 어름어름하니,

"아내와 갈렸다지, 그 돈 다 뭐 했나?"

"아 이 사람아, 빚 갚았지!"

기호는 눈을 내리깔며 매우 거북한 모양이다.

오른편 엄지로 한 코를 막고 흥 하고 내풀더니 이번 빚에 졸려 죽을 뻔했네 하고 묻지 않는 발뺌까지 얹어서 설대로 등어리를 긁죽긁죽한다.

그러나 응칠이는 속으로 이놈, 하였다.

응칠이는 실눈을 뜨고 기호를 유심히 쏘아주었더니,

"꼭 사 원 남았네."

하고 선뜻 알리고,

"빚 갚고 뭣 하고 흐지부지 녹았어."

어색하게도 혼잣말로 우물쭈물 웃어버린다.

응칠이는 퉁명스러이,

"나 이 원만 최게."

하고 손을 내대다 그래도 잘 듣지 않으매,

"따서 둘이 나눌 테야, 누가 떼먹나."

하고 소리가 한 번 빽 아니 나올 수 없다.

이 말에야 기호도 비로소 안심한 듯, 저고리 섶을 쳐들고 흠칫거리다 쭈뼛쭈뼛 꺼내놓는다. 딴은 응칠이의 솜씨면 낙자는 없을 것이다. 설혹 재간이 모자라 잃는다면 우격이라도 도로 몰아갈 게니깐.

"나두 한 케 떠보세."

응칠이는 우좌스레 굴로 기어든다. 그 콧등에는 자신 있는 그리고 흡족한 미소가 떠오른다. 사실이지 노름만큼 그를 행복하게 하는 건 다시 없었다. 슬프다가도 화투나 투전장을 손에 들면 공연스레 어깨가 으쓱거리고 아무리 일이 바빠도 노름판은 옆에 못 두고 지난다. 그는 이놈 저놈의 눈치를 슬쩍 한 번 훑고,

"두 패루 너누지?"

응칠이는 재성이와 용구를 데리고 한옆으로 비켜 앉았다. 그리고 신바람이 나서 화투를 쉬다가 손을 따악 짚으며,

"튀전이래지 이깐 화투는 하튼 뭘 할 텐가, 녹빼낀가 켤 텐가?"

"약단이나 그저 보지!"

사방은 매섭게 조용하였다. 바위 위에서 혹

바람에 모래 구르는 소리뿐이다. 어쩌다,

"엣다, 봐라."

하고 화투짝이 쩔꺽, 한다. 그리곤 다시 쥐죽은듯 잠잠하다.

그들은 이욕에 몸이 달아서 이야기고 뭐고 할 여지가 없다. 행여 속지나 않는가, 하얀 눈들이 빨개서 서로 독을 올린다. 어떤 놈이 뜯는 놈이고 어떤 놈이 뜯기는 놈인지 영문 모른다.

응칠이가 한 장을 내던지고 명월 공산을 보기 좋게 떡 젖혀 놓으니,

"이거 왜 수짜질이야!"

용구는 골을 벌컥 내며 쳐다본다.

"뭐가?"

"뭐라니, 아, 이 공산 자네 밑에서 빼내지 않았나?"

"봤으면 고만이지 그렇게 노할 건 또 뭔가!"

응칠이는 어설피 입맛을 쩍쩍 다시다,

"그럼 이번엔 파토지?"

하고 손의 화투를 땅에 내던지며 껄껄 웃어버린다.

이때 한옆에서 별안간,

"이 자식, 죽인다!"

악을 쓰는 것이니 모두들 놀라며 시선을 몬다. 머슴이 마주 앉은 상투의 빰을 갈겼다. 말인즉 매조 다섯 끗을 엎어 쳤다고.

허나 정말은 돈을 잃은 것이 분한 것이다. 이 돈이 무슨 돈이

냐 하면 일 년 품을 판 피 묻은 사경이다. 이런 돈을 송두리 먹히다니.

"이 자식, 너는 야마시(사기)꾼이지. 돈 내라."

멱살을 움켜잡고 다시 두 번을 때린다.

"허, 이놈이 왜 이러누, 어른을 몰라보고."

상투는 책상다리를 잡숫고 허리를 쓰윽 펴더니 점잖이 호령한다. 자식뻘 되는 놈에게 뺨을 맞는 건 말이 좀 덜 된다. 약이 올라서 곧 일을 칠 듯이 엉덩이를 번쩍 들었으나 그러나 그대로 주저앉고 말았다. 악에 바짝 받친 놈을 건드렸다가는 결국 이쪽이 손해다. 더럽단 듯이 허허 웃고,

"버릇없는 놈 다 봤고!"

하고 꾸짖은 것은 잘됐으나 기어이 어이쿠, 하고 그 자리에 푹 엎어진다. 이마가 터져서 피가 흘렀다. 어느 틈엔가 돌멩이가 날아와 이마의 가죽을 터친 것이다.

응칠이는 싱글거리며 굴을 나섰다. 공연스레 쑥스럽게 일이나 벌어지면 성가신 노릇이다. 그리고 돈 백이나 될 줄 알았더니 다 봐야 한 사십 원 될까 말까. 그걸 바라고 어느 놈이 앉았는가.

그가 딴 것은 본밑을 알라 구 원 하고 팔십 전이다. 기호에게 오 원을 내주고,

"자, 반이 넘네. 자네 계집 잃고 돈 잃고 호강이겠네."

농담으로 비웃어 던지고는 숲으로 설렁설렁 내려온다.

"여보게, 자네에게 청이 있네."

재성이 목이 말라서 바득바득 따라온다. 그 청이란 묻지 않아도 알 수 있었다. 저에게 돈을 다 빼앗기곤 구문이겠지. 시치미를 딱 떼고 나 갈 길만 걷는다.

"여보게 응칠이, 아, 내 말 좀 들어!"

그제서는 팔을 잡아 낚으며 살려 달라 한다. 돈을 좀 늘릴까 하고 벼 열 말을 팔아 해보았더니 다 잃었다고. 당장 먹을 게 없어 죽을 지경이니 노름 밑천이나 하게 몇 푼 달라는 것이다. 그러나 벼를 털었으면 그저 먹을 것이지 어쭙지 않게 노름은…….

"그런 걸 왜 너보고 하랬어?"

하고 돌아서며 소리를 빽 지르다가 가만히 보니 눈에 눈물이 글썽하다. 잠자코 돈 이 원을 꺼내주었다.

응칠이는 들에 앉아서 팔짱을 끼고 덜덜 떨고 있다.

사방은 빼— 돌리어 나무에 둘러싸였다. 거무튀튀한 그 형상이 헐없이 무슨 도깨비 같다. 바람이 불 적마다 쏴— 하고 쏴— 하고 음충맞게 건들거린다. 어느 때에는 짹, 짹 하고 목을 따는지 비명도 울린다.

그는 가끔 뒤를 돌아보았다. 별일은 없을 줄 아나 호옥 뭐가 덤벼들지도 모른다. 서낭당은 바로 등뒤다. 족제빈지 뭔지, 요

동통에 돌이 무너지며 바스락바스락한다. 그 소리가 묘하게도 등줄기를 쪼옥 긁는다. 어두운 꿈속이다. 하늘에서 이슬은 나리어 옷깃을 축인다. 공포도 공포려니와 냉기로 하여 좀체로 견딜 수가 없었다.

산골은 산신까지도 주렸으렷다. 아들 낳아 달라고 떡 갖다 바칠 이 없을 테니까. 이놈의 영감님 홧김에 덥석 달려들면. 앞뒤를 다시 한 번 휘돌아본 다음 설대를 뽑는다. 그리고 오금팽이로 불을 가리고는 한 대 뻑뻑 피워 물었다. 논은 여남은 칸 떨어져 고 아래 누웠다. 일심 정기를 다하여 나무 틈으로 뚫어보고 앉았다. 그러나 땅에 대를 털려니깐 풀숲이 이상스러이 흔들린다. 뱀, 뱀이 아닌가. 구시월 뱀이라니 물리면 고만이다. 자리를 옮겨 앉으며 손으로 입을 막고 하품을 터친다.

아마 두어 시간은 더 넘었으리라. 이놈이 필연코 올 텐데 안 오니 이 또 무슨 조활까. 이 짓이란 소문이 나기 전에 한 번 더 와보는 것이 원칙이다. 잠을 못 자서 눈이 뻑뻑한 것이 제물에 슬금슬금 감긴다. 이를 악물고 눈을 뒵쓰면 이번에는 허리가 노글거린다. 속은 쓰리고 골치는 때리고. 불꽃 같은 노기가 불끈 일어서 몸을 옥죄인다. 이놈의 다리를 못 꺾어놔도 애비 없는 후레자식이겠다.

닭들이 세 홰를 운다. 멀—리 산을 넘어오는 그 음향이 퍽은 서글프다. 큰 비를 몰아드는지 검은 구름이 잔뜩 낀다. 하긴 지금도 빗방울이 뚝, 뚝, 떨어진다.

그때 논둑에서 희끄무레한 허깨비 같은 것이 얼씬거린다. 정신을 바짝 차렸다. 영락없이 성팔이, 재성이 그들 중의 한 놈이리라. 이 고생을 시키는 그놈! 이가 북북 갈리고 어깨가 다 식식거린다. 몽둥이를 잔뜩 우려쥐었다. 그리고 벌떡 일어나서 나무 줄기를 끼고 조심조심 돌아내린다. 허나 도랑쯤 내려오다가 그는 멈씰하여 몸을 뒤로 물렸다. 늑대 두 놈이 짝을 짓고 이편 산에서 저편 산으로 설렁설렁 건너가는 길이었다. 빌어먹을 늑대, 이것까지 말썽이람. 이마의 식은땀을 씻으며 도로 제자리로 돌아온다. 어쩌면 이번 이놈도 재작년 강도 짝이나 안 될는지. 급시로 불길한 예감이 뒤통수를 탁 치고 지나간다.

그는 옷깃을 여미며 한 대를 더 붙였다. 돌연히 풍세는 심하여진다. 산골짜기로 몰아드는 억센 놈이 가끔 발광이다. 다시금 더르르 몸을 떨었다. 가을은 왜 이 지경인지. 여기에서 밤새울 생각을 하니 기가 찼다.

얼마나 되었는지 몸을 좀 녹이고자 일어나 서성서성할 때였다. 논으로 다가오는 희미한 그림자를 분명히 두 눈으로 보았다. 그러고 보니 피로고, 한고이고 다 딴소리다. 고개를 내대고 딱 버티고 서서 눈에 쌍심지를 올린다.

흰 그림자는 어느 틈엔가 어둠 속에 사라져 보이지 않는다. 그리고 다시 나올 줄을 모른다. 바람 소리만 왱, 왱, 칠 뿐이다.

다시 암흑 속이 된다. 확실히 벼를 훔치러 논 속으로 들어갔을 것이다. 역갱이 같은 놈이 궂은 날씨를 기화 삼아 맘껏 하겠지. 의리 없는 썩은 자식, 격장에서 같이 굶는 터에——오냐 대거리만 있어라. 이를 한 번 부욱 갈아붙이고 차츰차츰 논께로 내려온다.

응칠이는 논께로 바특이 내려서서 소나무에 몸을 착 붙였다. 섣불리 서둘다간 낫의 횡액을 입을지도 모른다. 다 훔쳐 가지고 나올 때만 기다린다. 몽둥이는 잔뜩 힘을 올린다.

한 식경쯤 지났을까, 도적은 다시 나타난다. 논둑에 머리만 내놓고 사면을 두리번거리더니 그제야 기어 나온다. 얼굴에는 눈만 내놓고 수건인지 뭔지 헝겊이 가렸다. 봇짐을 등에 짊어 메고는 허리를 구붓이 뺑손을 놓는다.

그러나 응칠이가 날쌔게 달려들며,

"자식, 남의 벼를 훔쳐가니!"

하고 대포처럼 고함을 지르니 논둑으로 고대로 데굴데굴 굴러서 떨어진다. 얼결에 호되게 놀란 모양이다.

응칠이는 덤벼들어 우선 허리께를 내려 조겼다. 어이쿠쿠, 쿠— 하고 처참한 비명이다. 이 소리에 귀가 번쩍 띄어서 그 고개를 들고 필(천)부터 벗겨보았다. 그러나 너무나 어이가 없었음인지 시선을 치걷으며 그 자리에 우두망찰한다.

그것은 무서운 침묵이었다. 살뚱맞은 바람만 공중에서 북새를 논다.

한참을 신음하다 도적은 일어나더니,

"성님까지 이렇게 못살게 굴기유?"

제법 눈을 부라리며 몸을 홱 돌린다. 그리고 느끼며 울음이 복받친다. 볏짐도 내버린 채,

"내 것 내가 먹는데 누가 뭐래?"

하고 데퉁스러이 내뱉고는 비틀비틀 논 저쪽으로 없어진다.

형은 너무 꿈속 같아서 멍하니 섰을 뿐이다. 그러나 얼마 지나서 한 손으로 그 볏짐을 들어본다. 가뿐하니 끽 말가웃이나 될는지. 이까짓 걸 요렇게까지 해가려는 그 심정은 실로 알 수 없다. 벼를 논에다 도로 털어버렸다. 그리고 아내의 치마이겠지, 검은 보자기를 척척 개서 들었다. 내 걸 내가 먹는다—— 그야 이를 말이랴. 허나 내 걸 내가 훔쳐야 할 그 운명도 얄궂거니와 형을 배반하고 이 짓을 벌인 아우도 아우렷다. 에—이 고얀 놈, 할 제 볼을 적시는 것은 눈물이다. 그는 주먹으로 눈을 쓱 비비고 머리에 번쩍 떠오르는 것이 있으니 두레두레한 황소의 눈깔. 시오 리를 남쪽 산속으로 들어가면 어느 집 바깥 뜰에 밤마다 늘 매여 있는 투실투실한 그 황소. 아무렇게 따지든 칠십 원은 갈 데 없으리라. 그는 부리나케 아우의 뒤를 밟았다.

공동묘지까지 거반 왔을 때에야 가까스로 만났다. 아우의 등을 탁 치며,

"애, 좋은 수 있다. 네 원대로 돈을 해줄게 나하구 잠깐 다녀오자."

씩씩한 어조로 기쁘도록 달랬다. 그러나 아우는 입 하나 열려 하지 않고 그대로 실쭉하였다. 뿐만 아니라 어깨 위에 올려놓은 형의 손을 부질없단 듯이 몸으로 털어버린다. 그리고 삐익 달아난다. 이걸 보니 하 엄청나고 기가 콱 막히었다.

"이눔아!"

하고 악에 받쳐,

"명색이 성이라며?"

대뜸 몽둥이는 들어가 그 볼기짝을 후려갈겼다. 아우는 모로 몸을 꺾더니 시나브로 찌그러진다. 뒤미처 앞정강이를 때렸다. 등을 팼다. 일어나지 못할 만치 매는 내렸다. 체면을 불구하고 땅에 엎드려 엉엉 울도록 매는 내렸다.

홧김에 하긴 했으되 그 꼴을 보니 또한 마음이 편할 수 없다. 침을 퉤, 뱉어 던지곤 팔자 드센 놈이 그저 그렇지 별수 있나, 쓰러진 아우를 일으켜 등에 업고 일어섰다. 언제나 철이 날는지 딱한 일이었다. 속 썩는 한숨을 후— 하고 내뿜는다. 그리고 어청어청 고개를 묵묵히 내려온다.

〈1935〉

금 따는 콩밭

땅속 저 밑은 늘 음침하다.

고달픈 간드렛불. 맥없이 푸르끼하다. 밤과 달라서 낮엔 되우 흐릿하였다.

겉으로 황토 장벽으로 앞뒤 좌우가 콕 막힌 좁직한 구덩이. 흡사히 무덤 속같이 귀중중하다. 싸늘한 침묵, 쿠더부레한 흙내와 징그러운 냉기만이 그 속에 자욱하다.

곡괭이는 뻔질 흙을 이르집는다. 암팡스러이 내려 쪼며,

퍽 퍽 퍽———

이렇게 메떨어진 소리뿐. 그러나 간간 우수수 하고 벽이 헐린다.

영식이는 일손을 놓고 소맷자락을 끌어당겨 얼굴의 땀을 훑

는다. 이놈의 줄이 언제나 잡힐는지 기가 찼다. 흙 한 줌을 집어 코밑에 바싹 들이대고 손가락으로 샅샅이 뒤져본다. 완연히 버력은 좀 변한 듯싶다. 그러나 불통 버력이 아주 다 풀린 것도 아니었다. 말똥버력이라야 금이 나온다는데 왜 이리 안 나오는지.

곡괭이를 다시 집어 든다. 땅에 무릎을 꿇고 궁둥이를 번쩍 든 채 식식거린다. 곡괭이는 무작정 내려찍는다.

바닥에서 물이 스며 무르팍이 흥건히 젖었다. 굿 엎은 천판에서 흙방울은 내리며 목덜미로 굴러든다. 어떤 때에는 윗벽의 한쪽이 떨어지며 등을 탕 때리고 부서진다. 그러나 그는 눈도 하나 깜짝하지 않는다. 금을 캔다고 콩밭 하나를 다 잡쳤다. 약이 올라서 죽을 둥 살 둥, 눈이 뒤집힌 이 판이다. 손바닥에 침을 탁 뱉고 곡괭이 자루를 한 번 고쳐잡더니 쉴 줄 모른다.

등뒤에서는 흙 긁는 소리가 드윽드윽 난다. 아직도 버력을 다 못 친 모양. 이 자식이 일을 하나 시졸 하나. 남은 속이 바직바직 타는데 웬 뱃심이 이리도 좋아.

영식이는 살기 띤 시선으로 고개를 돌렸다. 암말 없이 수재를 노려본다. 그제야 꾸물꾸물 바지게에 흙을 담고 등에 메고 사다리를 올라간다.

굿이 풀리는지 벽이 우찔하였다. 흙이 부서져 내린다. 전날이라면 이곳에서 아내 한 번 못 보고 생죽음이나 안 할까 털끝까지 쭈뼛할 게다. 그러나 인젠 그렇게 되고도 싶다. 수재란 놈하고 흙더미에 묻혀 한꺼번에 죽는다면 그게 오히려 나을 게다.

이렇게까지 몹시 몹시 미웠다.

이놈 풍치는 바람에 애꿎은 콩밭 하나만 결딴을 냈다. 뿐만 아니라 모두가 낭패다. 세 벌 논도 못 맸다. 논둑의 풀은 성큼 자란 채 어지러이 널려 있다. 이 기미를 알고 지주는 대로하였다. 내년부터는 농사 질 생각 말라고 발을 굴렀다. 땅은 암만을 파도 지수가 없다. 이만해도 다섯 길은 훨씬 넘었으리라. 좀더 지펴야 옳을지 혹은 북으로 밀어야 옳을지, 우두커니 망설거린다. 금점 일에는 풋둥이다. 입때껏 수재의 지휘를 받아 일을 하여왔고, 앞으로도 역시 그러해야 금을 딸 것이다. 그러나 그런 칙칙한 짓은 안 한다.

"이리 와 이것 좀 파게."

그는 어쓴 위풍을 보이며 이렇게 분부하였다. 그리고 저는 일어나 손을 털며 뒤로 물러선다.

수재는 군말 없이 고분하였다. 시키는 대로 땅에 무릎을 꿇고 벽채로 군버력을 긁어낸 다음 다시 파기 시작한다.

영식이는 치다 나머지 버력을 좲어진다. 커단 걸대를 뒤룩거리며 사다리로 기어오른다. 굿문을 나와 버력 더미에 흙을 막 내치려 할 제,

"왜 또 파. 이것들이 미쳤나 그래!"

산에서 내려오는 마름과 맞닥뜨렸다. 정신이 떠름하여 그대

로 벙벙히 섰다. 오늘은 또 무슨 포악을 들으려는가.

"말라니깐 왜 또 파는 게야."

하고 영식이의 바지게 뒤를 지팡이로 콱 찌르더니,

"갈아 먹으라는 밭이지, 흙 쓰고 들어가라는 거야? 이 미친 것들아! 콩밭에서 웬 금이 나온다구 이 지랄들이야, 그래."

하고 목에 핏대를 올린다. 밭을 버리면 간수 잘못한 자기 탓이다. 날마다 와서 그 북새를 피우고 금하여도 다음날 보면 또 여전히 파는 것이다.

"오늘로 이 구덩이를 도로 묻어놔야지, 낼로 당장 징역 갈 줄 알게."

너무 감정에 격하여 말도 잘 안 나오고 떠듬떠듬거린다. 주먹은 곧 날아들 듯이 허구리께서 불불 떤다.

"오늘만 좀 해보고 그만두겠어유."

영식이는 낯이 붉어지며 가까스로 한마디 하였다. 그리고 무턱대고 빌었다.

마름은 들은 척도 안 하고 가버린다.

그 뒷모양을 영식이는 멀거니 배웅하였다. 그러나 콩밭 낯짝을 들여다보니 무던히 애통터진다. 멀쩡한 밭에 구멍이 사면 퐁퐁 뚫렸다.

예제없이 버력은 무더기 무더기 쌓였다. 마치 사태 만난 공동묘지와도 같이

귀살쩍고 되우 을씨년스럽다. 그다지 잘되었던 콩포기는 거반 버력 더미에 다 깔려버리고 군데군데 어쩌다 남은 놈들만이 고개를 나풀거린다. 그 꼴을 보는 것은 자식 죽는 걸 보는 게 낫지 차마 못할 경상이었다.

농토는 모조리 떨어질 것이다. 그러나 대관절 올 밭도지 벼 두 섬 반은 뭘로 해내야 좋을지. 게다 밭을 망쳤으니 자칫하면 징역을 갈는지도 모른다.

영식이가 구덩이 안으로 들어왔을 때 동무는 땅에 주저앉아 쉬고 있었다. 태연 무심히 담배만 뻑뻑 피우는 것이다.

"언제나 줄을 잡는 거야."

"인제 차차 나오겠지."

"인제 나온다?"

하고 코웃음을 치고 엇먹더니 조금 지나매,

"이 새끼!"

흙덩이를 집어 들고 골통을 내려친다.

수재는 어쿠 하고 그대로 푹 엎드린다. 그러다 벌떡 일어선다. 눈에 띄는 대로 곡괭이를 잡자 대뜸 달겨들었다. 그러나 강약이 부동. 왁살스러운 팔뚝에 퉁겨져 벽에 가서 쿵 하고 떨어졌다. 그 순간에 제가 빼앗긴 곡괭이가 정바기를 겨누고 날아드는 걸 보았다. 고개를 홱 돌린다. 곡괭이는 흙벽을 퍽 찍고 다시 나간다.

수재 이름만 들어도 영식이는 이가 갈렸다. 분명히 홀딱 속은 것이다.

영식이는 본디 금점에 이력이 없었다. 그리고 흥미도 없었다. 다만 밭고랑에 웅크리고 앉아서 땀을 흘려가며 꾸벅꾸벅 일만 하였다. 올엔 콩도 뜻밖에 잘 열리고 맘이 좀 놓였다.

하루는 홀로 김을 매고 있노라니까,

"여보게, 덥지 않은가. 좀 쉬었다 하게."

고개를 들어보니 수재다. 농사는 안 짓고 금점으로만 돌아다니더니 무슨 바람에 또 왔는지 싱글벙글한다. 좋은 수나 걸렸나 하고,

"돈 좀 많이 벌었나. 나 좀 쇄주게."

"벌구말구. 맘껏 먹고 맘껏 쓰고 했네."

술에 거나한 얼굴로 신껏 주적거린다. 그리고 밭머리에 쭈그리고 앉아 한참 객설을 부리더니,

"자네, 돈벌이 좀 안 하려나. 이 밭에 금이 묻혔네, 금이."

"뭐?"

하니까 바로 이 산너머 큰 골에 광산이 있다, 광부를 삼백여 명이나 부리는 노다지판인데 매일 소출되는 금이 칠십 냥을 넘는다, 돈으로 치면 칠천 원, 그 줄맥이 큰 산허리를 뚫고 이 콩밭으로 뻗어 나왔다는 것이다. 둘이서 파면 불과 열흘 안에 줄을

잡을 게고, 적어도 하루 서 돈씩은 따리라. 우선 삼십 원만 해도 얼마냐. 소를 산대도 반 필이 아니냐고.

그러나 영식이는 귀담아듣지 않았다. 금점이란 칼 물고 뜀뛰기다. 잘되면이거니와 못 되면 신세만 조진다. 이렇게 전일부터 들은 소리가 있어서이다.

그 다음 날도 와서 꾀송거리다 갔다.

셋째번에는 집으로 찾아왔는데 막걸리 한 병을 손에 떡 들고 영을 피운다. 몸이 달아서 또 온 것이었다. 봉당에 걸터앉아서 저녁상을 물끄러미 바라보더니 조당수는 몸을 훑인다는 둥 일꾼은 든든히 먹어야 한다는 둥 남들은 논을 사느니 밭을 사느니 떠드는데 요렇게 지내다 그만둘 테냐는 둥 일쩝게 지절거린다.

"아주머니, 이것 좀 먹게 해주시게유."

그리고 비로소 영식이 아내에게 술병을 내놓는다. 그들은 밥상을 끼고 앉아서 즐겁게 술을 마셨다. 몇 잔이 들어가고 보니 영식이의 생각도 적이 돌아섰다. 딴은 일 년 고생하고 끽 콩 몇 섬 얻어먹느니보다는 금을 캐는 것이 슬기로운 짓이다. 하루에 잘만 캔다면 한 해 줄곧 공들인 그 수확보다 훨씬 이익이다. 올봄 보낼 제 비료 값, 품삯 빚해 빚진 칠 원 까닭에 나날이 졸리는 이 판이다. 이렇게 지지하게 살고 말 바에는 차라리 가로지나 세로지나 사내자식이 한번 해볼 것이다.

"낼부터 우리 파보세. 돈만 있으면이야, 그까짓 콩은……."

수재가 안달스레 재우쳐 보채일 제 선뜻 응낙하였다.

"그래 보세, 빌어먹을 거 안 됨 고만이지."

그러나 꽁무니에서 죽을 마시고 있던 아내가 허구리를 쿡쿡 찔렀게 망정이지 그렇지 않았다면 좀 주저할 뻔도 하였다.

아내는 아내대로의 셈이 빨랐다.

시체는 금점이 판을 잡았다. 섣부르게 농사만 짓고 있다간 결국 비렁뱅이밖에는 더 못 된다. 얼마 안 있으면 산이고 논이고 밭이고 할 것 없이 다 금쟁이 손에 구멍이 뚫리고 뒤집히고 뒤죽박죽이 될 것이다. 그때는 뭘 파먹고 사나. 자, 보아라. 머슴들은 짜기나 한 듯이 일하다 말고 훅닥하면 금점으로들 내빼지 않는가. 일꾼이 없어서 올엔 농사를 질 수 없느니 마느니 하고 동리에서는 떠들썩하다. 그리고 번동 포농이조차 호미를 내던지고 강변으로 개울로 사금을 캐러 달아난다. 그러다 며칠 뒤엔 다비신에다 옥당목을 떨치고 희자를 뽑는 것이 아닌가.

아내는 콩밭에서 금이 날 줄은 아주 꿈밖이었다. 놀라고도 또 기뻤다. 올에는 노냥 침만 삼키던 그놈 코다리(명태)를 짜장 먹어보겠구나만 하여도 속이 메어질 듯이 짜릿하였다. 뒷집 양근댁은 금점 덕택에 남편이 사다 준 고무신을 신고 나릿나릿 걷는 것이 무척 부러웠다. 저도 얼른 금이나 펑펑 쏟아지면 흰 고무신도 신고 얼굴에 분도 바르고 하리라.

"그렇게 해보지 뭐. 저 양반 하잔 대로만 하면 어련히 잘될라구."

얼떨하여 앉았는 남편을 이렇게 추겼던 것이다.

동이 트기 무섭게 콩밭으로 모였다.

수재는 진언이나 하는 듯이 이리 대고 중얼거리고 저리 대고 중얼거리고 하였다. 그리고 덤벙거리며 이리 왔다가 저리 왔다가 하였다. 제딴은 땅속에 누운 줄맥을 어림하여 보는 맥이었다.

한참을 밭을 헤매다가 산 쪽으로 붙은 한구석에 딱 서며 손가락을 펴 들고 설명한다. 큰 줄이란 본시 산운, 산을 끼고 도는 법이다. 이 줄이 노다지임에는 필시 이켠으로 버듬히 누웠으리라. 그러니 여기서부터 파들어 가자는 것이었다.

영식이는 그 말이 무슨 소린지 새기지는 못했다. 마는, 금점에는 난다는 수재이니 그 말대로 하기만 하면 영락없이 금퇴야 나겠지 하고 그것만 꼭 믿었다. 군말 없이 지시해 받은 곳에다 삽을 푹 꽂고 파헤치기 시작하였다.

금도 금이면 애써 키워온 콩도 콩이었다. 거진 다 자란 허울멀쑥한 놈들이 삽 끝에 으스러지고 흙에 묻히고 하는 것이다. 그걸 보는 것은 썩 속이 아팠다. 애틋한 생각이 물밀 때 가끔 삽을 놓고 허리를 구부려서 콩잎의 흙을 털어주기도 하였다.

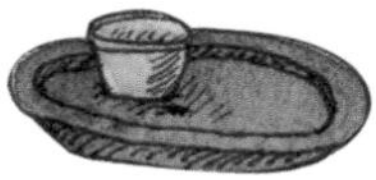

"아 이 사람아, 맥적게 그건 봐 뭘 해. 금을 캐자니깐."

"아니야, 허리가 좀 아파서."

핀잔을 얻어먹고는 좀 열적었다. 하기는 금만 잘 터져 나오면 이까짓 콩밭쯤이야. 이 밭을 풀어 논도 만들 수 있을 것이다. 눈을 감아버리고 삽의 흙을 아무렇게나 콩잎 위로 홱홱 내어던진다.

"국으로 땅이나 파먹지 이게 무슨 지랄들이야!"

동리 노인은 뻔질 찾아와서 귀 거친 소리를 하고 하였다.

밭에 구멍을 셋이나 뚫었다. 그리고 대구 뚫는 길이었다. 금인가 난장을 맞을 건가 그것 때문에 농군은 버렸다. 이게 필연코 세상이 망하려는 징조이리라. 그 소중한 밭에다 구멍을 뚫고 이 지랄이니 그놈이 온전할 겐가.

노인은 제 울화에 지팡이를 들어 삿대질을 아니 할 수 없었다.

"벼락 맞느니 벼락 맞어!"

"염려 말아유. 누가 알래지유."

영식이는 그럴 적마다 데퉁스레 쏘았다. 골김에 흙을 되는 대로 내꾼지고는 침을 탁 뱉고 구뎅이로 들어간다. 그러나 마음 한구석에는 언제나 끈—하였다. 줄을 찾는다고 콩밭을 통히 뒤집어놓았다. 그리고 줄이 언제나 나올지 아직 까맣다. 논도 못 매고 물도 못 보고 벼가 어이 되었는지 그것조차 모른다. 밤에는 잠이 안 와 멀뚱허니 애를 태웠다.

수재는 낙담하는 기색도 없이 늘 하냥이었다. 땅에 웅숭그리고 시적시적 노량으로 땅만 판다.

"줄이 꼭 나오겠나."

하고 목이 말라서 물으면,

"이번에 안 나오거든 내 목을 베게."

서슴지 않고 장담을 하고는 꿋꿋하였다.

이걸 보면 영식이도 마음이 좀 뇌는 듯싶었다. 전들 금이 없다면 무슨 멋으로 이 고생을 하랴. 반드시 금은 나올 것이다. 그제서는 이왕 손해는 하릴없거니와 그만두리라던 절망이 스스로 사라지고 다시금 주먹이 쥐어지는 것이었다.

캄캄하게 밤은 어두웠다. 어디선가 뭇개가 요란히 짖어댄다.

남편은 진흙투성이를 하고 내려왔다. 풀이 죽어서 몸을 잘 가누지도 못하고 아랫목에 축 늘어진다.

이 꼴을 보니 아내는 맥이 다시 풀린다. 오늘도 또 글렀구나. 금이 터지면 집을 한 채 사간다고 자랑을 하고 왔더니 이내 헛일이었다. 인제 좌지가 나서 낯을 들고 나아갈 염의조차 없어졌다.

남편에게 저녁을 갖다 주고 딱하게 바라본다.

"인젠 꿔온 양식도 다 먹었는데……."

"새벽에 산제를 좀 지낼 텐데 한 번만 더 꿔와."

남의 말에는 대답 없고 유하게 흘게 늦은 소리뿐. 그리고 드러누운 채 눈을 지그시 감아버린다.

"죽거리두 없는데 산제는 무슨……."

"듣기 싫어! 요망맞은 년 같으니."

이 호통에 아내는 그만 멈씰하였다. 요즘 와서는 무턱대고 공연스레 골만 내는 남편이 영 딱하였다. 환장을 하는지 밤잠도 아니 자고 소리만 빽빽 지르며 덤벼들려고 든다. 심지어 어린것이 좀 울어도 이 자식 갖다 내꾼지라고 북새를 피우는 것이다.

저녁을 아니 먹으므로 그냥 치워버렸다. 남편의 영을 거역키 어려워 양근댁한테로 또다시 안 갈 수 없다. 그간 양식은 줄곧 꾸어다 먹고 갚도 못하였는데 또 무슨 면목으로 입을 벌릴지 난처한 노릇이었다.

그는 생각다 끝에 있는 염치를 보째 쏟아 던지고 다시 한 번 찾아가는 것이다. 마는, 딱 맞닥뜨리어 입을 열고,

"낼 산제를 지낸다는데 쌀이 있어야지유."

하자니 역시 낯이 화끈하고 모닥불이 날아든다.

그러나 그들은 어지간히 착한 사람이었다.

"암 그렇지요. 산신이 벗나면 죽도 그릅니다."

하고 말을 받으며 그 남편은 빙그레 웃는다. 워낙이 금점에 장구 닳아난 몸인 만치 이런 일에는 적잖이 속이 틔었다. 손수 쌀 닷 되를 떠다 주며,

"산제란 안 지냄 몰라두 이왕 지내려면 아주 정성껏 해야 됩니다. 산신이란 노하길 잘하니까유."

하고 그 비방까지 깨쳐 보낸다.

쌀을 받아 들고 나오며 영식이 처는 고마움보다 먼저 미안에 질려 얼굴이 다시 빨갰다. 그리고 그들 부부 살아가는 살림이 참으로 참으로 몹시 부러웠다. 양근댁 남편은 날마다 금점으로 감돌며 버력 더미를 뒤지고 토록을 주워온다. 그걸 온종일 장판돌에다 갈면 수가 좋으면 이삼 원, 옥아도 칠팔십 전 꼴은 매일 심이 되는 것이었다. 그러면 쌀을 산다, 피륙을 끊는다, 떡을 한다, 장리를 놓는다——그런데 우리는 왜 늘 요 꼴인지. 생각만 하여도 가슴이 메는 듯 맥맥한 한숨이 연발을 하는 것이었다.

아내는 집에 돌아와 떡쌀을 담그었다. 낼은 뭘로 죽을 쑤어 먹을는지. 윗목에 웅크리고 앉아서 맞은쪽에 자빠져 있는 남편을 곁눈으로 살짝 할퀴어본다. 남들은 돌아다니며 잘도 금을 주워오련만 저 망나니 제 밭 하나를 다 버려도 금 한 톨 못 주워오나. 에에, 변변치도 못한 사나이. 저도 모르게 얕은 한숨이 거푸 두 번을 터진다.

밤이 이슥하여 그들 양주는 떡을 하러 나왔다. 남편은 절구에 쿵쿵 빻았다. 그러나 체가 없다. 동네로 돌아다니며 빌려 오느라고 아내는 다리에 불풍이 났다.

"왜 이리 앉았수, 불 좀 지피지."

떡을 찌다가 얼이 빠져서 멍하니 앉았는 남편이 밉살스럽다. 남은 이래저래 애를 죄는데 저건 무슨 생각을 하고 저리 있는 건지. 낫으로 삭정이를 탁탁 조겨서 던져주며 아내는 은근히 훅닥이었다.

닭이 두 홰를 치고 나서야 떡은 되었다.

아내는 시루를 이고 남편은 겨드랑에 자리때기를 꼈다. 그리고 캄캄한 산길을 올라간다.

비탈길을 얼마 올라가서야 콩밭은 놓였다. 전면이 우뚝한 검은 산에 둘리어 막힌 곳이었다. 가생이로 느티, 대추나무들은 머리를 풀었다.

밭머리 조금 못 미쳐 남편은 걸음을 멈추자 뒤의 아내를 돌아본다.

"인 내, 그러고 여기 가만히 섰어."

시루를 받아 한 팔로 껴안고 그는 혼자서 콩밭으로 올라섰다. 앞에 쌓인 것이 모두가 흙더미, 그 흙더미를 마악 돌아서려 할 제 아마 돌을 찼나 보다. 몸이 쓰러지려고 우찔끈하니 아내가 기겁을 하여 뛰어오르며 그를 부축하였다.

"부정 타라구 왜 올라와, 요망맞은 년."

남편은 몸을 고르잡자 소리를 뻑 지르며 아내 얼뺨을 붙인다. 가뜩이나 죽으라 죽으라 하는데 불길하게도 계집년이. 그는 마뜩지 않게 두덜거리며 밭으로 들어간다.

밭 한가운데다 자리를 펴고 그 위에 시루를 놓았다. 그리고 시루 앞에다 공손하고 정성스레 재배를 커다랗게 한다.

"우리를 살려줍시사. 산신께서 거들어주지 않으면 저희는 죽을 수밖에 꼼짝 없습니다유."

그는 손을 모으고 이렇게 축원하였다.

아내는 이 꼴을 바라보며 독이 뽀록같이 올랐다. 금점을 합네 하고 금 한 톨 못 캐는 것이 버릇만 점점 글러간다. 그전에는 없더니 요새로 건듯하면 탕탕 때리는 못된 버릇이 생긴 것이다. 금을 캐랬지 뺨을 치랬나. 제발 덕분에 고놈의 금 좀 나오지 말았으면. 그는 뺨 맞은 앙심으로 맘껏 방자하였다.

하긴 아내의 말 고대로 되었다. 열흘이 썩 넘어도 산신은 깜깜 무소식이었다. 남편은 밤낮으로 눈을 까뒤집고 구덩이에 묻혀 있었다. 어쩌다 집엘 내려오는 때면 얼굴이 헐떡하고 어깨가 축 늘어지고 거반 병객이었다. 그러고서 잠자코 커단 몸집을 방고래에다 퀑 하고 내던지고 하는 것이다.

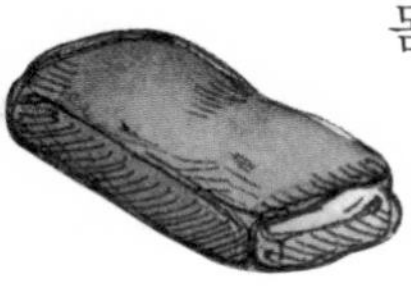

"제에미 붙을, 죽어나 버렸으면……."

혹은 이렇게 탄식하기도 하였다.

아내는 바가지에 점심을 이고서 집을 나섰다. 젖먹이는 등을 두드리며 좋다고 끽끽거린다.

인젠 흰 고무신이고 코다리고 생각조차 물렸다. 그리고 금 하는 소리만 들어도 입에 신물이 날 만큼 되었다. 그건 고사하고 꿔다 먹은 양식에 졸리지나 말았으면 그만도 좋으리마는.

가을은 논으로 밭으로 누―렇게 내리었다. 농군들은 기꺼운 낯을 하고 서로 만나면 흥겨운 농담. 그러나 남편은 애먼 밭만 망치고 논조차 건사를 못하였으니 이 가을에는 뭘 걷어들이고 뭘 즐겨 할는지. 그는 동리 사람의 이목이 부끄러워 산길로 돌았다.

솔숲을 나서서 멀리 밖에를 바라보니 둘이 다 나와 있다. 오늘도 또 싸운 모양. 하나는 이쪽 흙더미에 앉았고 하나는 저쪽에 앉았고 서로들 외면하여 담배만 빽빽 피운다.

"점심들 잡숫게유."

남편 앞에 바가지를 내려놓으며 가만히 맥을 보았다.

남편은 적삼이 찢어지고 얼굴에 생채기를 내었다. 그리고 두 팔을 걷고 먼산을 향하여 묵묵히 앉았다.

수재는 흙에 박혔다 나왔는지 얼굴은커녕 귓속들이 흙투성이다. 코밑에는 피딱지가 말라붙었고 아직도 조금씩 피가 흘러내린다. 영식이 처를 보더니 열적은 모양. 고개를 돌려 모로 떨어치며 입맛만 쩍쩍 다신다.

금을 캐라니까 밤낮 피만 내다 말려는가. 빚에 졸려 남은 속을 볶는데 무슨 호강에 이 지랄들인구. 아내는 못마땅하여 눈가에 살을 모았다.

"산제 지낸다구 꿔온 것은 은제나 갚는다지유?"

뚱하고 있는 남편을 향하여 말끝을 꼬부린다. 그러나 남편은 눈썹 하나 까딱하지 않는다. 이번에는 어조를 좀 돋우며,

"갚지도 못할 걸 왜 꿔오라 했지유!"

하고 얼추 호령이었다.

이 말은 남편의 채 가라앉지도 못한 분통을 다시 건드린다. 그는 벌떡 일어서며 황밤 주먹을 쥐어 낭창할 만치 아내의 골통을 후렸다.

"계집년이 방정맞게."

다른 것은 모르나 주먹에는 아찔이었다. 멋없이 덤비다간 골통이 부서진다. 암상을 참고 바르르 하다가 이윽고 아내는 등에 업은 어린애를 끌러 들었다. 남편에게로 그대로 밀어 던지니 아이는 까르륵 하고 숨 모는 소리를 친다.

그리고 아내는 돌아서서 혼잣말로,

"콩밭에서 금을 딴다는 숙맥도 있담."

하고 빗대놓고 비아냥거린다.

"이년아, 뭐?"

남편은 대뜸 달겨들며 그 볼치에다 다시 올찬 황밤을 주었다. 적이나 하면 계집이니 위로도 하여주련만 요건 분만 폭폭 질러놓으려나. 예이, 빌어먹을 거 이판사판이다.

"너허구 안 산다. 오늘루 가거라."

아내를 와락 떠다밀어 밭둑에 젖혀놓고 그 허구리를 퍽 질렀다. 아내는 입을 헉 하고 벌린다.

"네가 허라구 옆구리를 쿡쿡 찌를 제는 언제냐, 요 집안 망할 년."

그리고 다시 퍽 질렀다. 연하여 또 퍽.

이 꼴들을 보니 수재는 조바심이 일었다. 저러다가 그 분풀이가 다시 제게로 슬그머니 옮아올 것을 지레 채었다. 인제 걸리면 죽는다. 그는 비슬비슬하다 어느 틈엔가 구덩이 속으로 시나브로 없어져버린다.

볕은 따사로운 가을 향취를 풍긴다. 주인을 잃고 콩은 무거운 열매를 둥글둥글 흙에 굴린다. 맞은쪽 산밑에서 벼들을 베며 기뻐하는 농군의 노래.

"터졌네, 터져."

수재는 눈이 휘둥그렇게 굿문을 튀어나오며 소리를 친다. 손에는 흙 한 줌이 잔뜩 쥐였다.

"뭐?"

하다가,

"금줄 잡았어, 금줄."

"응——"

하고 외마디를 뒤남기자 영식이는 수재 앞으로 살같이 달려들었다. 허겁지겁 그 흙을 받아 들고 샅샅이 헤쳐보니 딴은 재래에 보지 못하던 불그죽죽한 황토였다. 그는 눈에 눈물이 핑 돌며,

"이게 원줄인가?"

"그럼 이것이 곱색줄이라네. 한 포에 댓 돈씩은 넉넉 잡히대."

영식이는 기쁨보다 먼저 기가 탁 막혔다. 웃어야 옳을지 울어야 옳을지. 다만 입을 반쯤 벌린 채 수재의 얼굴만 멍하니 바라본다.

"이리 와봐! 이게 금이래."

이윽고 남편은 아내를 부른다. 그리고 내 뭐랬어, 그러게 해보라고 그랬지 하고 설면설면 덤벼오는 아내가 한결 어여뻤다. 그는 엄지손가락으로 아내의 눈물을 지워주고 그러고 나서 껑충거리며 구덩이로 들어간다.

"그 흙 속에 금이 있지요?"

영식이 처가 너무 기뻐서 코다리에 고래등 같은 집까지 연상할 제 수재는 시원스러이,

"네, 한 포대에 오십 원씩 나와유."

하고 대답하고 오늘 밤에는 꼭, 정녕코 꼭 달아나리라 생각하였다.

거짓말이란 오래 못 간다. 뽕이 나서 뼈다귀도 못 추리기 전에 훨훨 벗어나는 게 상책이겠다.

〈1935〉

봄봄

"장인님! 인젠 저……."

내가 이렇게 뒤통수를 긁고 나이가 찼으니 성례를 시켜줘야 하지 않겠느냐고 하면 대답이 늘,

"이 자식아! 성례구 뭐구 미처 자라야지!"

하고 만다. 이 자라야 한다는 것은 내가 아니라 장차 내 아내가 될 점순이의 키 말이다.

내가 여기에 와서 돈 한 푼 안 받고 일하기를 삼 년하고 꼬박 일곱 달 동안을 했다. 그런데도 미처 못 자랐다니까 이 키는 언제야 자라는 겐지 짜장 영문 모른다. 일을 좀더 잘해야 한다든지, 혹은 밥을 (많이 먹는다고 노상 걱정이니까) 좀 덜 먹어야 한다든지 하면 나도 얼마든지 할말이 많다. 하지만 점순이가

아직 어리니까 더 자라야 한다는 여기에는 어째 볼 수 없이 고만 벙벙하고 만다.

이래서 나는 애초에 계약이 잘못된 걸 알았다. 이태면 이태, 삼 년이면 삼 년, 기한을 딱 작정하고 일을 해야 원 할 것이다. 덮어놓고 딸이 자라는 대로 성례를 시켜주마, 했으니 누가 늘 지키고 섰는 것도 아니고, 그 키가 언제 자라는지 알 수 있는가. 그리고 난 사람의 키가 무럭무럭 자라는 줄만 알았지 붙배기 키에 모로만 벌어지는 몸도 있는 것을 누가 알았으랴. 때가 되면 장인님이 어련하랴 싶어서 군소리 없이 꾸벅꾸벅 일만 해왔다. 그럼 말이다, 장인님이 제가 다 알아채서,

"어 참, 너 일 많이 했다. 고만 장가들어라."

하고 살림도 내주고 해야 나도 좋을 것이 아니냐.

시치미를 딱 떼고 도리어 그런 소리가 나올까 봐서 지레 펄펄 뛰고 이 야단이다. 명색이 좋아 데릴사위지 일하기에 싱겁기도 할 뿐더러 이건 참 아무것도 아니다.

숙맥이 그걸 모르고 점순이의 키 자라기만 까맣게 기다리지 않았나.

언젠가는 하도 갑갑해서 자를 가지고 덤벼들어서 그 키를 한 번 재볼까 했다. 마는, 우리는 장인님이 내외를 해야 한다고 해서 마주 서 이야기도 한마디 하는 법 없다. 우물길에서 언제나 마주칠 적이면 겨우 눈어림으로 재보고 하는 것인데 그럴 적마

다 나는 저만치 가서,

"제에미 키두!"

하고 논둑에다 침을 퉤, 뱉는다. 아무리 잘 봐야 내 겨드랑(다른 사람보다 좀 크긴 하지만) 밑에서 넘을락 말락 밤낮 요 모양이다.

개 돼지는 푹푹 크는데 왜 이리도 사람은 안 크는지, 한동안 머리가 아프도록 궁리도 해보았다. 아하, 물동이를 자꾸 이니까 뼈다귀가 옴츠라드나 보다, 하고 내가 넌지시 그 물을 대신 길어도 주었다. 뿐만 아니라 나무를 하러 가면 서낭당에 돌을 올려놓고,

"점순이의 키 좀 크게 해줍소사. 그러면 담엔 떡 갖다 놓고 고사드립죠니까."

하고 치성도 한두 번 드린 것이 아니다. 어떻게 돼먹은 킨지 이래도 막무가내니…….

그래 내 어저께 싸운 것이지 결코 장인님이 밉다든가 해서가 아니다.

모를 붓다가 가만히 생각을 해보니까 또 싱겁다. 이 벼가 자라서 점순이가 먹고 좀 큰다면 모르지만 그렇지도 못할 걸 내 심어서 뭘 하는 거냐. 해마다 앞으로 축 불거지는 장인님의 아랫배(가 너무 먹는 걸 모르고 냇병이라나, 그 배)를 불리기 위하여 심곤 조금도 싶지 않다.

"아이구, 배야!"

난 몰 붓다 말고 배를 쓰다듬으면서 그대로 논둑으로 기어올랐다. 그리고 겨드랑에 꼈던 벼 담긴 키를 그냥 땅바닥에 털썩 떨어치며 나도 털썩 주저앉았다. 일이 암만 바빠도 나 배 아프면 고만이니까. 아픈 사람이 누가 일을 하느냐. 파릇파릇 돋아오른 풀 한 숲을 뜯어 들고 다리의 거머리를 쓱쓱 문대며 장인님의 얼굴을 쳐다보았다.

논 가운데서 장인님도 이상한 눈을 해 가지고 한참 날 노려보더니,

"너 이 자식, 왜 또 이래 응?"

"배가 좀 아파서유!"

하고 풀 위에 슬며시 쓰러지니까 장인님은 약이 올랐다. 저도 논에서 철벙철벙 둑으로 올라오더니 잡은 참 내 멱살을 움켜잡고 뺨을 치는 것이 아닌가…… .

"이 자식아, 일 허다 말면 누굴 망해놀 속셈이냐? 이 대가릴 까놀 자식!"

우리 장인님은 약이 오르면 이렇게 손버릇이 아주 못됐다. 또 사위에게 이 자식 저 자식 하는 이놈의 장인님은 어디 있느냐. 오죽해야 우리 동리에서 누굴 물론하고 그에게 욕을 안 먹는 사람은 명이 짧다 한다. 조그만 아이들까지도 그를 돌아 세워놓고 욕필이(본 이름이 봉필이니까) 욕필이, 하고 손가락질

을 할 만치 두루 인심을 잃었다. 허나 인심을 정말 잃었다면 욕보다 읍의 배참봉 댁 마름으로 더 잃었다. 본디 마름이란 욕 잘하고, 사람 잘 치고, 그리고 생김 생기길 호박개 같아야 쓰는 거지만 장인님은 외양이 똑 됐다. 장인에게 닭 마리나 좀 보내지 않는다든가 애벌논 때 품을 좀 안 준다든가 하면 그해 가을에는 영락없이 땅이 뚝뚝 떨어진다. 그러면 미리부터 돈도 먹이고 술도 먹이고 안달재신으로 돌아치던 놈이 그 땅을 슬쩍 돌라 안는다. 이 바람에 장인님 집 빈 외양간에는 눈깔 커다란 황소 한 놈이 절로 엉금엉금 기어들고, 동리 사람들은 그 욕을 다 먹어가면서도 그래도 굽실굽실하는 게 아닌가.

그러나 내겐 장인님이 감히 큰소리할 계제가 못 된다.

뒷생각은 못하고 뺨 한 개를 딱 때려놓고는 장인님은 무색해서 덤덤히 쓴 침만 삼킨다. 난 그 속을 퍽 잘 안다. 조금 있으면 갈도 꺾어야 하고 모도 내야 하고, 한창 바쁜 때인데 나 일 안 하고 우리 집으로 그냥 가면 고만이니까.

작년 이맘때도 트집을 좀 하니까 늦잠 잔다구 돌멩이를 집어 던져서 자는 놈의 발목을 삐게 해놨다. 사날씩이나 건승 끙,끙, 앓았더니 종당에는 거반 울상이 되지 않았는가…….

"얘, 그만 일어나 일 좀 해라. 그래야 올 갈에 벼 잘되면 너 장가들지 않니."

그래 귀가 번쩍 띄어서 그날로 일어나서 남이 이틀 품 들일 논을 혼자 삶아놓으니까 장인님도 눈깔이 커다랗게 놀랐다. 그럼 정말로 가을에 와서 혼인을 시켜줘야 원 경우가 옳지 않겠나. 볏섬을 척척 들여쌓아도 다른 소리는 없고 물동이를 이고 들어오는 점순이를 담배통으로 가리키며,

"이 자식아, 미처 커야지, 조걸 무슨 혼인을 한다구 그러니 원!"

하고 남 낯짝만 붉게 해주고 고만이다. 골김에 그저 이놈의 장인님, 하고 댓돌에다 메꽂고 우리 고향으로 내뺄까 하다가 꾹 꾹 참고 말았다.

참말이지 난 이 꼴 하고는 집으로 차마 못 간다. 장가를 들러 갔다가 오죽 못났어야 그대로 쫓겨왔느냐고 손가락질을 받을 테니까…….

논둑에서 벌떡 일어나 한풀 죽은 장인님 앞으로 다가서며,

"난 갈 테야유. 그 동안 사경 쳐내슈 뭐."

"너 사위로 왔지 어디 머슴 살러 왔니?"

"그러면 얼찐 성례를 해줘야 안 하지유. 밤낮 부려만 먹구 해준다, 해준다……."

"글쎄, 내가 안 하는 거냐? 그년이 안 크니까."

하고 어름어름 담배만 담으면서 늘 하는 소리를 또 늘어놓는다.

이렇게 따져 나가면 언제든지 늘 나만 밑지고 만다. 이번엔 안 된다, 하고 대뜸 구장님한테로 판단 가자고 소맷자락을 내 끌었다.

"아, 이 자식이 왜 이래 어른을."

안 간다구 뻗디디고 이렇게 호령은 제 맘대로 하지만 장인님 제가 내 기운은 못 당한다. 막 부려먹고 딸은 안 주고, 게다 땅땅 치는 건 다 뭐야…….

그러나 내 사실 참 장인님이 미워서 그런 것은 아니다. 그 전날, 왜 내가 새고개 맞은 봉우리 화전 밭을 혼자 갈고 있지 않았느냐. 밭 가생이로 돌 적마다 야릇한 꽃내가 물컥물컥 코를 찌르고 머리 위에서 벌들은 가끔 붕, 붕, 소리를 친다. 바위틈에서 샘물 소리밖에 안 들리는 산골짜기니까 맑은 하늘의 봄볕은 이불 속같이 따스하고 꼭 꿈꾸는 것 같다. 나는 몸이 나른하고 몸살(병을 아직 모르지만)이 나려고 그러는지 가슴이 울렁울렁하고 이랬다.

"어러이! 말이! 맘 마 마……."

이렇게 노래를 하며 소를 부리면 여느 때 같으면 어깨가 으쓱으쓱한다. 웬일인지 밭을 반도 갈지 않아서 온몸의 맥이 풀리고 대구 짜증만 난다. 공연히 소만 들입다 두들기며——

"안야! 안야! 이 망할 자식의 소(장인님의 소니까) 대리를 꺾어 들라."

그러나 내 속은 정말 안야 때문이 아니라 점심을 이고 온 점순이의 키를 보고 울화가 났던 것이다.

점순이는 뭐 그리 썩 예쁜 계집애는 못 된다. 그렇다구 또 개떡이냐 하면 그런 것도 아니고, 꼭 내 아내가 돼야 할 만치 그저 툽툽하게 생긴 얼굴이다. 나보다 십 년이 아래니까 올해 열여섯인데 몸은 남보다 두 살이나 덜 자랐다. 남은 잘도 훤칠히들 크건만 이건 위아래가 뭉툭한 것이 내 눈에는 헐없이 감참외 같다. 참외 중에는 감참외가 제일 맛좋고 예쁘니까 말이다. 둥글고 커단 눈은 서글서글하니 좋고 좀 지쳐 찢어졌지만 입은 밥술이나 톡톡히 먹음직하니 좋다. 아따, 밥만 많이 먹게 되면 팔자는 고만 아니냐. 헌데 한 가지 파가 있다면 가끔 가다 몸이 (장인님은 이걸 채신이 없이 들까분다고 하지만) 너무 빨리빨리 논다. 그래서 밥을 나르다가 때없이 풀밭에다 깨빡을 쳐서 흙투성이 밥을 곧잘 먹인다. 안 먹으면 무안해할까 봐서 이걸 씹고 앉았노라면 으적으적 소리만 나고 돌을 먹는 겐지 밥을 먹는 겐지…….

그러나 이날은 웬일인지 성한 밥채로 밭머리에 곱게 내려놓았다. 그리고 또 내외를 해야 하니까 저만큼 떨어져 이쪽으로 등을 향하고 옹크리고 앉아서 그릇 나기를 기다린다.

내가 다 먹고 물러섰을 때, 그릇을 와서 챙기는데 그런데 난 깜짝 놀라지 않았느냐. 고개를 푹 숙이고 밥 함지에 그릇을 포

개면서 날더러 들으라는지, 혹은 제 소린지,

"밤낮 일만 하다 말 텐가!"

하고 혼자서 쫑알거린다. 고대 잘 내외하다가 이게 무슨 소린가, 하고 난 정신이 얼떨떨했다. 그러면서도 한편 무슨 좋은 수나 있는가 싶어서 나도 공중을 대고 혼잣말로,

"그럼 어떡해?"

하니까,

"성례시켜 달라지 뭘 어떡해."

하고 되알지게 쏘아붙이고 얼굴이 빨개져서 산으로 그저 도망질을 친다.

나는 잠시 동안 어떻게 되는 심판인지 맥을 몰라서 그 뒷모양만 덤덤히 바라보았다.

봄이 되면 온갖 초목이 물이 오르고 싹이 트고 한다. 사람도 아마 그런가 보다, 하고 며칠 내에 부쩍 (속으로) 자란 듯싶은 점순이가 여간 반가운 것이 아니다. 이런 걸 멀쩡하게 아직 어리다구 하니까…….

우리가 구장님을 찾아갔을 때 그는 싸리문 밖에 있는 돼지우리에서 죽을 퍼주고 있었다. 서울엘 좀 갔다오더니 사람은 점잖아야 한다고 웃쉼이(얼른 보면 지붕 위에 앉은 제비 꼬랑지 같다) 양쪽으로 뾰족이 뻗치고 그걸 애헴, 하고 늘 쓰담는 손버릇이 있다.

우리를 멀뚱히 쳐다보고 미리 알아챘는지,

"왜 일들 허다 말구 그래?"

하더니 손을 올려서 그 애햄을 한번 후딱 했다.

"구장님! 우리 장인님과 츰에 계약하기를……."

먼저 덤비는 장인님을 뒤로 떠다밀고 내가 허둥지둥 달려들다가 가만히 생각하고,

"아니 우리 빙장님과 츰에."

하고 첫 번부터 다시 말을 고쳤다. 장인님은 빙장님, 해야 좋아하고 밖에 나와서 장인님, 하면 괜스레 골을 내려고 든다. 뱀두 뱀이라야 좋냐고, 창피스러우니 남 듣는 데는 제발 빙장님, 빙모님, 하라고 일상 당조짐을 받아오면서 난 그것도 자꾸 잊는다. 당장도 장인님, 하다 옆에서 내 발등을 꾹 밟고 곁눈질을 흘기는 바람에야 겨우 알았지만.

구장님도 내 이야기를 자세히 듣더니 퍽 딱한 모양이었다. 하기야 구장님뿐만 아니라 누구든지 다 그럴 게다. 길게 길러 둔 새끼손톱으로 코를 후벼서 저리 탁 튀기며,

"그럼 봉필씨! 얼른 성례를 시켜주구려, 그렇게까지 제가 하구 싶다는걸……."

하고 내 짐작대로 말했다. 그러나 이 말에 장인님이 삿대질로 눈을 부라리고,

"아 성례구 뭐구 계집애년이 미처 자라야 할 게 아닌가?"

하니까 고만 멀쑤룩해서 입맛만 쩍쩍 다실 뿐이 아닌가.

"그것두 그래!"

"그래, 거진 사 년 동안에도 안 자랐더니 그 킨 은제 자라지유? 다 그만두구 사경 내슈."

"글쎄, 이 자식아! 내가 크질 말라구 그랬니? 왜 날 보구 떼냐?"

"빙모님은 참새만한 것이 그럼 어떻게 앨 낳지유?"(사실 빙모님은 점순이보다도 귓배기 하나가 작다.)

장인님은 이 말을 듣고 껄껄 웃더니 (그러나 암만해두 돌 씹은 상이다) 코를 푸는 척하고 날 은근히 골리려고 팔꿈치로 옆갈비께를 퍽 치는 것이다. 더럽다. 나두 종아리의 파리를 쫓는 척하고 허리를 구부리며 어깨로 그 궁둥이를 콱 떼밀었다. 장인님은 앞으로 우찔근 하고 싸리문께로 쓰러질 듯하다 몸을 바로 고치더니 눈총을 몹시 쏘았다. 이런 쌍년의 자식, 하곤 싶으나 남의 앞이라니 차마 못하고 섰는 그 꼴이 보기에 퍽 쟁그러웠다.

그러나 이 말에는 별반 신통한 귀정을 얻지 못하고 도로 논으로 돌아와서 모를 부었다. 왜냐면 장인님이 뭐라구 귓속말로 수군수군하고 간 뒤다. 구장님이 날 위해서 조용히 데리고 아래와 같이 일러주었기 때문이다(뭉태의 말은 구장님이 장인님에게 땅 두 마지기 얻어 부치니까 그래 꾀었다고 하지만 난 그렇게 생각 않는다).

"자네 말도 하기야 옳지, 암 나이 찼으니까 아들이 급하다는 게 잘못된 말은 아니야. 하지만 농사가 한창 바쁠 때 일을 안 한다든가 집으로 달아난다든가 하면 손해죄루 그것두 징역을 가거든!(여기에 그만 정신이 번쩍 났다) 왜 요전에 삼포말서 산에 불 좀 놓았다구 징역 간 거 못 봤나. 제 산에 불을 놓아두 징역을 가는 이땐데 남의 농사를 버려두니 죄가 얼마나 더 중한가. 그리고 자넨 정장을(사경 받으러 정장 가겠다 했다) 간다지만 그러면 괜스레 죄를 들쓰고 들어가는 걸세. 또 결혼두 그렇지. 법률에 성년이란 게 있는데 스물하나가 돼야지 비로소 결혼을 할 수가 있는 걸세. 자넨 물론 아들이 늦을 걸 염려하지만 점순이로 말하면 이제 겨우 열여섯이 아닌가. 그렇지만 아까 빙장님의 말씀이 올 갈에는 열일을 제치고라두 성례를 시켜주겠다 하시니 좀 고마울 겐가. 빨리 가서 모 붓던 거나 마저 붓게. 군소리 말구 어서 가."

그래서 오늘 아침까지 끽소리 없이 왔다.

장인님과 내가 싸운 것은 지금 생각하면 전혀 뜻밖의 일이라 안 할 수 없다. 장인님으로 말하면 요즘 막 작인들에게 행세를 좀 하고 싶다고 해서,

"돈 있으면 양반이지 별 게 있느냐!"

하고 일부러 아랫배를 툭 내밀고 걸음도 뒤틀리게 걷고 하는

이 판이다. 이까짓 나쯤 두들기다 남의 땅을 가지고 모처럼 닦아놓았던 가문을 망친다든지 할 어른이 아니다. 또 나로 논지면 아무쪼록 잘 봬서 점순이에게 얼른 장가를 들어야 하지 않느냐…….

이렇게 말하자면 결국 어젯밤 뭉태네 집에 마실 간 것이 썩 나빴다. 낮에 구장님 앞에서 장인님과 내가 싸운 것을 어떻게 알았는지 대고 빈정거리는 것이 아닌가.

"그래 맞구두 그걸 가만 둬?"

"그럼 어떡허니?"

"임마, 봉필일 모판에다 거꾸로 박아놓지 뭘 어떡해?"

하고 괜히 내 대신 화를 내 가지고 주먹질을 하다 등잔까지 쳤다. 놈이 본시 괄괄은 하지만 그래 놓고 날더러 석유 값을 물라구 막 찌다우를 붙는다. 난 어안이 벙벙해서 잠자코 앉았으니까 저만 연신 지껄이는 소리가,

"밤낮 일만 해주구 있을 테냐?"

"영득이는 일 년을 살구두 장갈 들었는데 넌 사 년이나 살구두 더 살아야 해?"

"네가 세 번째 사윈 줄이나 아니? 세 번째 사위."

"남의 일이라두 분하다. 이 자식아, 우물에 가 빠져 죽어."

나중에는 겨우 손톱으로 목을 따라고까지 하고, 제 아들같이 함부로 훅닥였다. 별의별 소리를 다 해서 그대로 옮길 수는 없

으나 그 줄거리는 이렇다…….

우리 장인님 딸이 셋이 있는데 맏딸은 재작년 가을에 시집을 갔다. 정말은 시집을 간 것이 아니라 그 딸도 데릴사위를 해 가지고 있다가 내보냈다. 그런데 딸이 열 살 때부터 열아홉 즉 십 년 동안에 데릴사위를 갈아들이기를, 동리에선 사위 부자라고 이름이 났지마는 열네 놈이란 참 너무 많다.

장인님이 아들은 없고 딸만 있는 고로 그 담 딸을 데릴사위를 해올 때까지는 부려먹지 않으면 안 된다. 물론 머슴을 두면 좋지만 그건 돈이 드니까, 일 잘하는 놈을 고르느라고 연방 바꿔 들였다. 또 한편 놈들이 욕만 줄창 퍼붓고 심히도 부려먹으니까 밸이 상해서 달아나기도 했겠지. 점순이는 둘째딸인데 내가 일테면 그 세 번째 데릴사위로 들어온 셈이다. 내 담으로 네 번째 놈이 들어올 것을 내가 일도 참 잘하고 그리고 사람이 좀 어수룩하니까 장인님이 잔뜩 붙들고 놓질 않는다. 셋째딸이 인제 여섯 살, 적어두 열 살은 돼야 데릴사위를 할 테므로 그 동안은 죽도록 부려먹어야 된다. 그러니 인제는 속 좀 차리고 장가를 들여 달라구 떼를 쓰고 나자빠져라, 이것이다.

나는 겉으로 엉, 엉, 하며 귓등으로 들었다. 뭉태는 땅을 얻어 부치다가 떨어진 뒤로는 장인님만 보면 공연히 못 먹어서 으릉거

린다. 그것도 장인님이 저 달라고 할 적에 제 집에서 위한다는 그 감투(예전에 원님이 쓰던 것이라나, 옆구리에 뽕뽕 좀먹은 걸레)를 선뜻 주었다면 그럴 리도 없었던걸…….

그러나 나는 뭉태란 놈의 말을 전수히 곧이듣지 않았다. 꼭 곧이들었다면 간밤에 와서 장인님과 싸웠지 무사히 있었을 리가 없지 않은가. 그러면 딸에게까지 인심을 잃은 장인님이 혼자 나빴다.

실토이지 나는 점순이가 아침 상을 가지고 나올 때까지는 오늘은 또 얼마나 밥을 담았나, 하고 이것만 생각했다. 상에는 된장찌개하고 간장 한 종지, 조밥 한 그릇, 그리고 밥보다 더 수부룩하게 담은 산나물이 한 대접, 이렇다. 나물은 점순이가 틈틈이 해오니까 두 대접이고 네 대접이고 멋대로 먹어도 좋으나 밥은 장인님이 한 사발 외엔 더 주지 말라고 해서 안 된다. 그런데 점순이가 그 상을 내 앞에 내려놓으며 제 말로 지껄이는 소리가,

"구장님한테 갔다 그냥 온담 그래!"

하고 엊그제 산에서와 같이 되우 쫑알거린다. 딴은 내가 더 단단히 덤비지 않고 만 것이 좀 어리석었다, 속으로 그랬다. 나도 저쪽 벽을 향하여 외면하면서 내 말로,

"안 된다는 걸 그럼 어떡헌담!"

하니까,

"수염을 잡아채지 그냥 둬, 이 바보야?"

하고 또 얼굴이 빨개지면서 성을 내며 안으로 샐쭉하니 튀들어가지 않느냐. 이때 아무도 본 사람이 없었기에 망정이지 보았다면 내 얼굴이 에미 잃은 황새 새끼처럼 가엾다 했을 것이다.

사실 이때만치 슬펐던 일이 또 있었는지 모른다. 다른 사람은 암만 못생겼다 해도 괜찮지만 내 아내 될 점순이가 병신으로 본다면 참 신세는 따분하다. 밥을 먹은 뒤 지게를 지고 일터로 가려 하다 도로 벗어 던지고 바깥 마당 공석 위에 드러누워서 나는 차라리 죽느니만 같지 못하다 생각했다.

내가 일 안 하면 장인님 저는 나이가 먹어 못하고 결국 농사 못 짓고 만다. 뒷짐으로 트림을 꿀꺽, 하고 대문 밖으로 나오다 날 보고서,

"이 자식, 왜 또 이러니?"

"관격이 났어유, 아이구 배야!"

"기껀 밥 처먹구 나서 무슨 관격이야. 남의 농사 버려주면 이 자식 징역 간다 봐라!"

"가두 좋아유, 아이구 배야!"

참말 난 일 안 해서 징역 가도 좋다 생각했다. 일후 아들을 낳아도 그 앞에서 바보, 바보, 이렇게 별명을 들을 테니까 오늘은 열 쪽이 난대도 결정을 내고 싶었다.

장인님이 일어나라고 해도 내가 안 일어나니까 눈에 독이 올

라서 저편으로 힝하게 가더니 지게 막대기를 들고 왔다. 그리고 그걸로 내 허리를 마치 돌 떠넘기듯이 쿡 찍어서 넘기고 넘기고 했다.

밥을 잔뜩 먹고 딱딱한 배가 그럴 적마다 퉁겨지면서 밸창이 꼿꼿한 것이 여간 켕기지 않았다. 그래도 안 일어나니까 이번에는 배를 지게 막대기로 위에서 쿡쿡 찌르고 발길로 옆구리를 차고 했다.

장인님은 원체 심정이 궂어서 그러지만 나도 저만 못하지 않게 배를 채었다. 아픈 것을 눈을 꽉 감고 넌 해라 난 재미난 듯이 있었으나 볼기짝을 후려갈길 적에는 나도 모르는 결에 벌떡 일어나서 그 수염을 잡아챘다. 마는, 내 골이 난 것이 아니라 정말은 아까부터 부엌 뒤 울타리 구멍으로 점순이가 우리들의 꼴을 몰래 엿보고 있었기 때문이다.

가뜩이나 말 한마디 톡톡히 못한다고 바보라는데 매까지 잠자코 맞는 걸 보면 짜장 바보로 알 게 아닌가. 또 점순이도 미워하는 이까짓 놈의 장인님 나하곤 아무것도 안 되니까 막 때려도 좋지만 사정 보아서 수염만 채고(제 원대로 했으니까 이때 점순이는 퍽 기뻤겠지) 저기까지 잘 들리도록,

"이걸 까셀라부다!"

하고 소리를 쳤다.

장인님은 더 약이 바짝 올라서 잡은 참 지게 막대기로 내 어

깨를 그냥 내려갈겼다. 정신이 다 아찔하다. 다시 고개를 들었을 때 그때엔 나도 온몸에 약이 올랐다. 이 녀석의 장인님을, 하고 눈에서 불이 펀 나서 그 아래 밭 있는 넝알로 그대로 떠밀어 굴려버렸다.

"부려만 먹구 왜 성례 안 하지유!"

나는 이렇게 호령했다. 허지만 장인님이 선뜻 오냐 낼이라두 성례시켜 주마, 했으면 나도 성가신 걸 그만두었을지 모른다. 나야 이러면 때린 건 아니니까 나중에 장인 쳤다는 누명도 안 들을 터이고 얼마든지 해도 좋다.

한 번은 장인님이 헐떡헐떡 기어서 올라오더니 내 바짓가랑이를 요렇게 노리고서 단박 움켜잡고 매달렸다. 악, 소리를 치고 나는 그만 세상이 다 팽그르 도는 것이,

"빙장님! 빙장님! 빙장님!"

"이 자식! 잡아먹어라, 잡아먹어!"

"아! 아! 할아버지! 살려줍쇼, 할아버지!"

하고 두 팔을 허둥지둥 내저을 적에는 이마에 진땀이 쭉 내솟고 인젠 참으로 죽나 보다 했다. 그래두 장인님은 놓질 않더니 내가 기어이 땅바닥에 쓰러져서 거진 까무러치게 되니까 놓는다. 더럽다, 더럽다. 이게 장인님인가? 나는 한참을 못 일어나고 쩔쩔맸다. 그렇게 얼굴을 드니(눈엔 참 아무것도 보이지 않았다) 사지가 부르르 떨리면서 나도 엉금엉금 기어가 장인님의

바짓가랑이를 꽉 움키고 잡아 나꿨다.

내가 머리가 터지도록 매를 얻어맞은 것이 이 때문이다. 그러나 여기가 또한 우리 장인님이 유달리 착한 곳이다. 여느 사람이면 사경을 주어서라도 당장 내어쫓았지, 터진 머리를 불솜으로 손수 지져주고, 호주머니에 희연 한 봉을 넣어주고 그리고,

"올 갈엔 꼭 성례를 시켜주마. 암말 말구 가서 뒷골의 콩밭이나 얼른 갈아라."

하고 등을 뚜덕여줄 사람이 누구냐.

나는 장인님이 너무나 고마워서 어느덧 눈물까지 났다. 점순이를 남기고 인젠 내쫓기려니 하다 뜻밖의 말을 듣고,

"빙장님! 인제 다시는 안 그러겠어유!"

이렇게 맹세를 하며 부랴부랴 지게를 지고 일터로 갔다. 그러나 이때는 그걸 모르고 장인님을 원수로만 여겨서 잔뜩 잡아당겼다.

"아! 아! 이놈아! 놔라, 놔, 놔!"

장인님은 헛손질을 하며 솔개미에 챈 닭의 소리를 연해 질렀다. 놓긴 왜, 이왕이면 호되게 혼을 내주리라 생각하고 짓궂이 더 당겼다. 마는, 장인님이 땅에 쓰러져서 눈에 눈물이 피잉 도는 것을 알고 좀 겁도 났다.

"할아버지! 놔라, 놔, 놔, 놔놔."

그래도 안 되니까,

"애, 점순아! 점순아!"

이 악장에 안에 있었던 장모님과 점순이가 헐레벌떡하고 단숨에 뛰어나왔다.

나의 생각에 장모님은 제 남편이니까 역성을 할는지도 모른다. 그러나 점순이는 내 편을 들어서 속으로 고소해하겠지——대체 이게 웬 속인지(지금까지도 난 영문을 모른다) 아버질 혼내 주기는 제가 내래 놓고 이제 와서는 달려들며,

"에구머니! 이 망할 게 아버지 죽이네!"

하고 내 귀를 뒤로 잡아당기며 마냥 우는 것이 아니냐. 그만 여기에 기운이 탁 꺾이어 나는 얼빠진 등신이 되고 말았다. 장모님도 덤벼들어 한쪽 귀마저 뒤로 잡아채면서 또 우는 것이다.

이렇게 꼼짝 못하게 해놓고 장인님은 지게 막대기를 들어서 사뭇 내려 조겼다. 그러나 나는 구태여 피하려 하지도 않고 암만해도 그 속 알 수 없는 점순이의 얼굴만 멀거니 들여다보았다.

"이 자식! 장인 입에서 할아버지 소리가 나오도록 해?"

〈1935〉

동백꽃

오늘도 또 우리 수탉이 막 쪼이었다. 내가 점심을 먹고 나무를 하러 갈 양으로 나올 때였다. 산으로 올라서려니까 등뒤에서 푸드득푸드득 하고 닭의 횃소리가 야단이다. 깜짝 놀라며 고개를 돌려보니 아니나 다르랴 두 놈이 또 얼렸다.

점순네 수탉(대강이가 크고 똑 오소리같이 실팍하게 생긴 놈)이 덩저리 작은 우리 수탉을 함부로 해내는 것이다. 그것도 그냥 해내는 것이 아니라 푸드득 하고 면두를 쪼고 물러섰다가 좀 사이를 두고 또 푸드득 하고 모가지를 쪼았다. 이렇게 멋을 부려가며 여지없이 닦아놓는다. 그러면 이 못생긴 것은 쪼일 적마다 주둥이로 땅을 받으며 그 비명이 킥, 킥, 할 뿐이다. 물론 미처 아물지도 않은 면두를 또 쪼이어 붉은 선혈은 뚝뚝 떨어진다.

이걸 가만히 내려다보자니 내 대강이가 터져서 피가 흐르는 것같이 두 눈에서 불이 번쩍 난다. 대뜸 지게 막대기를 메고 달려들어 점순네 닭을 후려칠까 하다가 생각을 고쳐먹고 헛매질로 떼어만 놓았다.

이번에도 점순이가 쌈을 붙여놨을 것이다. 바짝바짝 내 기를 올리느라고 그랬음에 틀림없을 것이다. 고놈의 계집애가 요새로 들어서 왜 나를 못 먹겠다고 고렇게 아르릉거리는지 모른다.

나흘 전 감자 쪼간만 하더라도 나는 저에게 조금도 잘못한 것은 없다. 계집애가 나물을 캐러 가면 갔지 남 울타리 엮는 데 쌩이질을 하는 것은 다 뭐냐. 그것도 발소리를 죽여 가지고 등 뒤로 살며시 와서,

"애! 너 혼자만 일하니?"

하고 긴치 않은 수작을 하는 것이다.

어제까지도 저와 나는 이야기도 잘 않고 서로 만나도 본 척 만 척하고 이렇게 점잖게 지내던 터이련만 오늘로 갑작스레 대견해졌음은 웬일인가. 항차 망아지만한 계집애가 남 일하는 놈 보구…….

"그럼 혼자 하지 떼루 하듸?"

내가 이렇게 내뱉는

소리를 하니까,

"너 일하기 좋니?"

또는,

"한여름이나 되거든 하지 벌써 울타리를 하니?"

잔소리를 두루 늘어놓다가 남이 들을까 봐 손으로 입을 틀어막고는 그 속에서 깔깔댄다. 별로 우스울 것도 없는데 날씨가 풀리더니 이놈의 계집애가 미쳤나 하고 의심하였다. 게다가 조금 뒤에는 제 집께를 할금할금 돌아다보더니 행주치마의 속으로 꼈던 바른손을 뽑아서 나의 턱밑으로 불쑥 내미는 것이다. 언제 구웠는지 아직도 더운 김이 확 끼치는 감자 세 개가 손에 뿌듯이 쥐였다.

"느 집엔 이거 없지?"

하고 생색 있는 큰소리를 하고는 제가 준 것을 남이 알면은 큰일날 테니 여기서 얼른 먹어버리란다. 그리고 또 하는 소리가,

"너 봄 감자가 맛있단다."

"난 감자 안 먹는다. 너나 먹어라."

나는 고개도 돌리려 하지 않고 일하던 손으로 그 감자를 도로 어깨 너머로 쑥 밀어버렸다.

그랬더니 그래도 가는 기색이 없고, 뿐만 아니라 쌔근쌔근하고 심상치 않게 숨소리가 점점 거칠어진다. 이건 또 뭐야 싶어서 그때에야 비로소 돌아다보니 나는 참으로 놀랐다. 우리가

이 동리에 온 것은 근 삼 년째 되어오지만 여태껏 가무잡잡한 점순이의 얼굴이 이렇게까지 홍당무처럼 새빨개진 법이 없었다. 게다 눈에 독을 올리고 한참 나를 요렇게 쏘아보더니 나중에는 눈물까지 어리는 것이 아니냐. 그리고 바구니를 다시 집어 들더니 이를 꼭 악물고는 엎어질 듯 자빠질 듯 논둑으로 휭하게 달아나는 것이다.

어쩌다 동리 어른이,

"너 얼른 시집을 가야지?"

하고 웃으면,

"염려 마세유. 갈 때 되면 어련히 갈라구!"

이렇게 천연덕스레 받는 점순이였다. 본시 부끄럼을 타는 계집애도 아니거니와 또한 분하다고 눈에 눈물을 보일 얼병이도 아니다. 분하면 차라리 나의 등어리를 바구니로 한 번 모지게 후려쌔리고 달아날지언정.

그런데 고약한 그 꼴을 하고 가더니 그 뒤로는 나를 보면 잡아먹으려 기를 복복 쓰는 것이다.

설혹 주는 감자를 안 받아먹은 것이 실례라 하면, 주면 그냥 주었지 '느 집엔 이거 없지' 는 다 뭐냐. 그러잖아도 저희는 마름이고 우리는 그 손에서 배재를 얻어 땅을 부치므로 일상 굽실거린다. 우리가 이 마을에 처음 들어와 집이 없어서 곤란으로 지낼 제 집터를 빌리고 그 위에 집을 또 짓도록 마련해 준

것도 점순네의 호의였다. 그리고 우리 어머니 아버지도 농사 때 양식이 딸리면 점순네한테 가서 부지런히 꾸어다 먹으면서 인품 그런 집은 다시 없으리라고 침이 마르도록 칭찬하곤 하는 것이다. 그러면서도 열일곱씩이나 된 것들이 수군수군하고 붙어 다니면 동리의 소문이 사납다고 주의를 시켜준 것도 또 어머니였다. 왜냐하면 내가 점순이하고 일을 저질렀다가는 점순네가 노할 것이고, 그러면 우리는 땅도 떨어지고 집도 내쫓기고 하지 않으면 안 되는 까닭이었다.

그런데 이놈의 계집애가 까닭 없이 기를 복복 쓰며 나를 말려 죽이려고 드는 것이다.

눈물을 흘리고 간 담날 저녁나절이었다. 나무를 한 짐 잔뜩 지고 산을 내려오려니까 어디서 닭이 죽는소리를 친다. 이거 뉘 집에서 닭을 잡나, 하고 점순네 울 뒤로 돌아오다가 나는 그만 두 눈이 뚱그레졌다. 점순이가 저희 집 봉당에 홀로 걸터앉았는데 이게 치마 앞에다 우리 씨암탉을 꼭 붙들어놓고는,

"이놈의 닭! 죽어라 죽어라."

요렇게 암팡스레 패주는 것이 아닌가. 그것도 대가리나 치면 모른다마는 아주 알도 못 낳으라고 그 볼기짝께를 주먹으로 콕콕 쥐어박는 것이다.

나는 눈에 쌍심지가 오르고 사지가 부르르 떨렸으나 사방을 한 번 휘돌아보고야 그제야 점순이 집에 아무도 없음을 알았

다. 잡은 참지게 막대기를 들어 울타리의 중턱을 후려치며,
"이놈의 계집애! 남의 닭 알 못 낳으라구 그러니?"
하고 소리를 빽 질렀다.

그러나 점순이는 조금도 놀라는 기색이 없고 그대로 의젓이 앉아서 제 닭 가지고 하듯이 또 죽어라 죽어라, 하고 패는 것이다. 이걸 보면 내가 산에서 내려올 때를 겨냥해 가지고 미리부터 닭을 잡아 가지고 있다가 네 보란 듯이 내 앞에서 쥐지르고 있음이 확실하다.

그러나 나는 그렇다고 남의 집에 뛰어들어가 계집애하고 싸울 수도 없는 노릇이고 형편이 썩 불리함을 알았다. 그래 닭이 맞을 적마다 지게 막대기로 울타리를 후려칠 수밖에 별도리가 없다. 왜냐하면 울타리를 치면 칠수록 울섶이 물러앉으며 뼈대만 남기 때문이다. 허나 아무리 생각하여도 나만 밑지는 노릇이다.

"아, 이년아! 남의 닭 아주 죽일 터이냐?"

내가 도끼눈을 뜨고 다시 꽥 호령을 하니까 그제야 울타리께로 쪼르르 오더니 울 밖에 섰는 나의 머리를 겨누고 닭을 내팽개친다.

"에이 더럽다! 더럽다!"

"더러운 걸 널더러 입때 끼고 있으랬니? 망할 계집애년 같으니."

하고 나도 더럽단 듯이 울타리께를 횡하게 돌아내리며 약이 오를 대로 다 올랐다, 라고 하는 것은 암탉이 풍기는 서슬에 나의 이마빼기에다 물찌똥을 찍 갈겼는데 그걸 본다면 알집만 터졌을 뿐 아니라 골병은 단단히 든 듯싶다.

그리고 나의 등뒤를 향하여 나에게만 들릴 듯 말 듯한 음성으로,

"이 바보 녀석아!"

"얘! 너 배냇병신이지?"

그만도 좋으련만,

"얘! 너 느 아버지가 고자라지?"

"뭐 울 아버지가 그래 고자야?"

할 양으로 열벙거지가 나서 고개를 홱 돌리어 바라봤더니 그때까지 울타리 위로 나와 있어야 할 점순이의 대가리가 어디 갔는지 보이지를 않는다. 그러다 돌아서서 오자면 아까에 한 욕을 울 밖으로 또 퍼붓는 것이다. 욕을 이토록 먹어가면서도 대거리 한마디 못하는 걸 생각하니 돌부리에 채어 발톱 밑이 터지는 것도 모를 만치 분하고 급기야는 두 눈에 눈물까지 불끈 내솟는다.

그러나 점순이의 침해는 이것뿐이 아니다.

사람들이 없으면 틈틈이 제 집 수탉을 몰고 와서 우리 수탉과 쌈을 붙여놓는다. 제 집 수탉은 썩 험상궂게 생기고 쌈이라

면 홰를 치는 고로 으레 이길 것을 알기 때문이다. 그래서 툭하면 우리 수탉이 면두며 눈깔이 피로 흐드르하게 되도록 해놓는다. 어떤 때에는 우리 수탉이 나오지를 않으니까 요놈의 계집애가 모이를 쥐고 와서 꾀어내다가 쌈을 붙인다.

이렇게 되면 나도 다른 배차를 차리지 않을 수 없었다. 하루는 우리 수탉을 붙들어 가지고 넌지시 장독께로 갔다. 쌈닭에게 고추장을 먹이면 병든 황소가 살모사를 먹고 용을 쓰는 것처럼 기운이 뻗친다 한다. 장독에서 고추장 한 접시를 떠서 닭 주둥아리께로 들이밀고 먹여보았다. 닭도 고추장에 맛을 들였는지 거스르지 않고 거진 반 접시 턱이나 곧잘 먹는다. 그리고 먹고 금세는 용을 못 쓸 터이므로 얼마쯤 기운이 돌도록 홰 속에다 가두어두었다.

밭에 두엄을 두어 짐 져내고 나서 쉴 참에 그 닭을 안고 밖으로 나왔다. 마침 밖에는 아무도 없고 점순이만 저희 울 안에서 헌 옷을 뜯는지 혹은 솜을 터는지 웅크리고 앉아서 일을 할 뿐이다.

나는 점순네 수탉이 노는 밭으로 가서 닭을 내려놓고 가만히 맥을 보았다. 두 닭은 여전히 얼려 쌈을 하는데 처음에는 아무 보람이 없었다. 멋지게 쪼는 바람에 우리 닭은 또 피를 흘리고 그러면서도 날갯죽지만 푸드득푸드득 하고 올라 뛰고 뛰고 할 뿐으로 제법 한 번 쪼아보지도 못한다.

그러나 한 번엔 어쩐 일인지 용을 쓰고 펄쩍 뛰더니 발톱으로 눈을 하비고 내려오며 면두를 쪼았다. 큰닭도 여기에는 놀랐는지 뒤로 멈씰하며 물러난다. 이 기회를 타서 작은 우리 수탉이 또 날쌔게 덤벼들어 다시 면두를 쪼니 그제서는 감때사나운 그 대강이에서도 피가 흐르지 않을 수 없다.

옳다 알았다, 고추장만 먹이면 되는구나 하고 나는 속으로 아주 쟁그러워 죽겠다. 그때에는 뜻밖에 내가 닭쌈을 붙여놓는데 놀라서 울 밖으로 내다보고 섰던 점순이도 입맛이 쓴지 눈살을 찌푸렸다.

나는 두 손으로 볼기짝을 두드리며 연방,

"잘한다! 잘한다!"

하고 신이 머리끝까지 뻗쳤다.

그러나 얼마 되지 않아서 나는 넋이 풀려 기둥같이 묵묵히 서 있게 되었다. 왜냐하면 큰 닭이 한 번 쪼인 앙갚음으로 호들갑스레 연거푸 쪼는 서슬에 우리 수탉은 찔끔 못하고 막 곯는다. 이걸 보고서 이번에는 점순이가 깔깔거리고 되도록 이쪽에서 많이 들으라고 웃는 것이다.

나는 보다 못하여 덤벼들어서 우리 수탉을 붙들어 가지고 도로 집으로 들어왔다. 고추장을 좀더 먹였더라면 좋았을 걸, 너무 급하게 쌈을 붙인 것

이 퍽 후회가 난다. 장독께로 돌아와서 다시 턱밑에 고추장을 들이댔다. 흥분으로 말미암아 그런지 당최 먹질 않는다.

나는 하릴없이 닭을 반듯이 눕히고 그 입에다 궐련 물부리를 물렸다. 그리고 고추장 물을 타서 그 구멍으로 조금씩 들이부었다. 닭은 좀 괴로운지 킥킥 하고 재채기를 하는 모양이나 그러나 당장의 괴로움은 매일같이 피를 흘리는 데 댈 게 아니라 생각하였다.

그러나 한 두어 종지 가량 고추장 물을 먹이고 나서는 나는 고만 풀이 죽었다. 싱싱하던 닭이 왜 그런지 고개를 살며시 뒤틀고는 손아귀에서 빼드러지는 것이 아닌가. 아버지가 볼까 봐서 얼른 홰에다 감추어두었더니 오늘 아침에서야 겨우 정신이 든 모양 같다.

그랬던 걸 이렇게 오다 보니까 또 쌈을 붙여놨으니 이 망한 계집애가 필연 우리 집에 아무도 없는 틈을 타서 제가 들어와 홰에서 꺼내 가지고 나간 것이 분명하다.

나는 다시 닭을 잡아다 가두고 염려는 스러우나 그렇다고 산으로 나무를 하러 가지 않을 수도 없는 형편이었다.

소나무 삭정이를 따며 가만히 생각해 보니 암만해도 고년의 목쟁이를 돌려놓고 싶다. 이번에 내려가면 망할 년 등줄기를 한 번 되게 후려치겠다 하고 싱둥겅둥 나무를 지고는 부리나케 내려왔다.

거지반 집께 다 내려와서 나는 호드기 소리를 듣고 발이 딱 멈추었다. 산기슭에 널려 있는 굵은 바윗돌 틈에 노란 동백꽃이 소보록하니 깔렸다. 그 틈에 끼어 앉아서 점순이가 청승맞게시리 호드기를 불고 있는 것이다. 그보다도 더 놀란 것은 고 앞에서 또 푸드득, 푸드득, 하고 들리는 닭의 횃소리다. 필연코 요년이 나의 약을 올리느라고 또 닭을 집어내다가 내가 내려올 길목에다 쌈을 시켜놓고 저는 그 앞에 앉아서 천연스레 호드기를 불고 있음에 틀림없으리라.

나는 약이 오를 대로 올라서 두 눈에서 불과 함께 눈물이 퍽 쏟아졌다. 나무 지게도 벗어놓을 새 없이 그대로 내동댕이치고는 지게 막대기를 뻗치고 허둥지둥 달려들었다.

가까이 와보니 과연 나의 짐작대로 우리 수탉이 피를 흘리고 거의 빈사지경에 이르렀다. 닭도 닭이려니와 그러함에도 불구하고 눈 하나 깜짝 없이 고대로 앉아서 호드기만 부는 그 꼴에 더욱 치가 떨린다. 동리에서도 소문이 났거니와 나도 한때는 걱실걱실 일 잘하고 얼굴 예쁜 계집애인 줄 알았더니 시방 보니까 그 눈깔이 꼭 여우 새끼 같다.

나는 대뜸 달려들어서 나도 모르는 사이에 큰 수탉을 단매로 때려 엎었다. 닭은 푹 엎어진 채 다리 하나 꼼짝 못하고 그대로 죽어버렸다. 그리고 나는 멍하니 섰다가 점순이가 매섭게 눈을 홉뜨고 닥치는 바람에 뒤로 벌렁 나자빠졌다.

"이놈아! 너 왜 남의 닭을 때려죽이니?"

"그럼 어때?"

하고 일어나다가,

"뭐 이 자식아! 누 집 닭인데?"

하고 복장을 떼미는 바람에 다시 벌렁 자빠졌다. 그러고 나서 가만히 생각을 하니 분하기도 하고 무안도 스럽고, 또 한편 일을 저질렀으니, 인젠 땅이 떨어지고 집도 내쫓기고 해야 될는지 모른다.

나는 비슬비슬 일어나며 소맷자락으로 눈을 가리고는 얼김에 엉 하고 울음을 놓았다. 그러다 점순이가 앞으로 다가와서,

"그럼 너 이 담부텀 안 그럴 테냐?"

하고 물을 때에야 비로소 살길을 찾은 듯싶었다. 나는 눈물을 우선 씻고 뭘 안 그러는지 명색도 모르건만,

"그래!"

하고 무턱대고 대답하였다.

"요 담부터 또 그래 봐라, 내 자꾸 못살게 굴 테니!"

"그래 그래, 인젠 안 그럴 테야!"

"닭 죽은 건 염려 마라, 내 안 이를 테니."

그리고 뭣에 떠다밀렸는지 나의 어깨를 짚은 채 그대로 픽 쓰러진다. 그 바람에 나의 몸뚱이도 겹쳐서 쓰러지며 한창 피어 퍼드러

진 노란 동백꽃 속으로 폭 파묻혀버렸다.

알싸한, 그리고 향긋한 그 냄새에 나는 땅이 꺼지는 듯이 온 정신이 고만 아찔하였다.

"너 말 마라!"

"그래!"

조금 있더니 요 아래서,

"점순아! 점순아! 이년이 바느질을 하다 말구 어딜 갔어?"

하고 어딜 갔다 온 듯싶은 그 어머니가 역정이 대단히 났다.

점순이가 겁을 잔뜩 집어먹고 꽃 밑을 살금살금 기어서 산 아래로 내려간 다음 나는 바위를 끼고 엉금엉금 기어서 산 위로 치빼지 않을 수 없었다.

〈1936〉

땡볕

우람스레 생긴 덕순이는 바른팔로 왼편 소맷자락을 끌어다 콧등의 땀방울을 훑고는 통안 네거리에 와 다리를 딱 멈추었다. 더위에 익은 얼굴은 벌거니 사방을 둘러본다. 중복허리의 뜨거운 땡볕이라 길 가는 사람은 저편 처마 밑으로만 배앵뱅 돌고 있다. 지면은 번들번들 닳아 자동차가 지날 적마다 숨이 탁 막힐 만치 무더운 먼지를 풍겨놓는 것이다.

덕순이는 아무리 찾아보아도 자기가 길을 물어 좋을 만치 그렇게 여유 있는 얼굴이 보이지 않음을 알자, 소맷자락으로 또 한 번 땀을 훑어본다. 그리고 거북한 표정으로 벙벙히 섰다. 때마침 옆으로 지나는 어린 깍쟁이에게 공손히 손짓을 한다.

"얘! 대학병원을 어디루 가니?"

"이리루 곧장 가세요!"

덕순이는 어린 깍쟁이가 턱으로 가리킨 대로 그 길을 북으로 접어들며 다시 내걷기 시작한다. 내딛는 한 발짝마다 무거운 지게는 어깨에 배기고 등줄기에서 쏟아져 내리는 진땀에 궁둥이는 쓰라릴 만치 물렀다. 속타는 불김을 입으로 불어가며 허덕지덕 올라오다 엄지손가락으로 코를 힝 풀어 그 옆 전봇대 허리에 쓱 문댈 때에는 그는 어지간히 가슴이 답답하였다. 당장 지게를 벗어 던지고 푸른 그늘에 가 나자빠지고 싶은 생각이 굴뚝 같으련만 그걸 못하니 짜증이 안 날 수 없다. 골피를 찌푸려 데퉁스레,

"빌어먹을 거! 왜 이리 무거!"

하고 내뱉으려 하였으나, 그러나 지게 위에서 무색하여질 아내를 생각하고 꾹 참아버린다. 제 속으로만 끙끙거리다 겨우,

"에이 더웁다!"

하고 자탄이 나올 적에는 더는 갈 수가 없었다.

덕순이는 길가 버들 밑에다 지게를 벗어놓고는 두 손으로 적삼 섶을 흔들어 땀을 들인다. 바람기 한 점 없는 거리는 그대로 타 붙었고, 그 위의 모래만 이글이글 달아간다. 하늘을 쳐다보았으나 좀체로 비맛은 못 볼 듯싶어 바상바상한 입맛을 다시고 섰을 때 별안간 댕댕 소리와 함께 발등에 물을 뿌리고 물차가 지나가니 그는 비로소 산 듯이 정신기가 반짝 난다. 적삼 호주

머니에 손을 넣어 곰방대를 꺼내 물고 담배 한 대 붙이려 하였으나 홀쭉한 쌈지에는 어제부터 담배 한 알 없었던 것을 다시 깨닫고 역정스레 도로 집어넣는다.

"꽁무니가 배기지 않어?"

덕순이는 이렇게 아내를 돌아본다.

"괜찮아요!"

하고 거진 죽어가는 상으로 글썽글썽 눈물이 고인 아내가 딱하였다. 두 달 동안이나 햇빛 못 본 얼굴은 누렇게 시들었고, 병약한 몸으로 지게 위에 앉아 까닥이는 양이 금시라도 꺼질 듯 싶은 그 아내였다.

덕순이는 아내를 이윽히 노려보다,

"아 울긴 왜 우는 거야?"

하고 눈을 부라렸으나,

"병원에 가면 짼대겠지요."

"째긴 아무거나 덮어놓고 째나? 연구한다니까!"

하고 되도록 아내를 안심시킨다. 그러나 덕순이 생각에는 째든 말든 그건 차치해 놓고 우선 먹어야 산다고,

"왜 기영이 할아버지의 말씀 못 들었어?"

"병원서 월급을 주구 고쳐준다는 게 정말인가요?"

"그럼 노인이 설마 거짓말을 헐라구. 그래 시방두 대학병원의 이등 박산가 뭐가 열네 살 된 조선 아이가 어른보다도 더 부

대한 걸 보구 하두 이상한 병이라구 붙잡아 들여서 한 달에 십 원씩 월급을 주고, 그뿐인가 먹이구 입히구 이래 가며 지금 연구하구 있대지 않어?"

"그럼 나도 허구헌 날 늘 병원에만 있게 되겠구려?"

"인제 가봐야 알지, 어떻게 될는지."

이렇게 시원스레 받기는 받았으나 덕순이 자신 역시 기영 할아버지의 말을 꼭 믿어서 좋을지가 의문이었다. 시골서 올라온 지 얼마 안 되는 그로서는 서울 일이라 혹 알 수 없을 듯싶어 무료 진찰권을 내온 데 더 되지 않았다. 그렇다 하더라도 병이 괴상하면 할수록 혹은 고치기가 어려우면 어려울수록 월급이 많다는 것인데 영문 모를 아내의 이 병은 얼마짜리나 되겠는가고 속으로 무척 궁금하였다. 아이가 십 원이라니 이건 한 십오 원쯤 주겠는가, 그렇다면 병 고치니 좋고, 먹으니 좋고, 두루두루 팔자를 고치리라고 속 안으로 육조배판을 늘이고 섰을 때,

"여보십쇼! 이 채미 하나 잡숴보십쇼."

하고 조만치서 참외를 벌여놓고 앉았는 아이가 시선을 끌어간다. 길쭘길쭘하고 싱싱한 놈들이 과연 뜨거운 복중에 하나 벗겨 들고 으썩 깨물어봄직한 참외였다. 덕순이는 참외를 이놈 저놈 멀거니 물색하여 보다 쌈지에 든 잔돈 사 전을 얼른 생각은 하였으나 다음 순간에 그건 안 될 말이라고 꺽진 마음으로 시선을 걷어온다. 사 전에 일 전만 더 보태면 희연 한 봉이 되

리라고 어제부터 잔뜩 꼽여 쥐고 오던 그 사 전, 이걸 참외 값으로 녹여서는 사람이 아니다.

"지게를 꼭 붙들어!"

덕순이는 지게를 지고 다시 일어나며 그 십오 원을 생각했던 것이니 그로서는 너무도 벅찬 희망의 보행이었다.

덕순이는 간호부가 지도하여 주는 대로 산부인과 문밖에서 제 차례가 돌아오기를 기다리고 있었다.

아내는 남편이 업어다 놓은 대로 걸상에 가 번듯이 늘어져서 괴로운 숨을 견디지 못한다. 요량 없이 부어오른 아랫배를 한 손으로 치마째 걷어 안고는 매 호흡마다 간댕거리는 야윈 고개로 가쁜 숨을 돌리고 있는 것이다. 게다가 수술실에서 들것으로 담아내는 환자와 피고름이 엉긴 쓰레기통을 보는 것은 그로 하여금 해쓱한 얼굴로 이를 떨도록 하기에는 너무도 충분한 풍경이었다.

"너무 그렇게 겁내지 말아, 그래두 다 죽을 사람이 병원엘 와야 살아 나가는 거야!"

덕순이는 아내를 위안하기 위하여 이런 소리도 하는 것이나, 기실 아내 못지않게 저로도 조바심이 적지 않았다. 아내의 이 병이 무슨 병일까, 짜장 기이한 병이라서 월급을 타먹고 있게 될 것인가. 또는 아내의 병을 씻은 듯이 고쳐줄 수 있겠는가, 겸삼수삼 모두가 궁거웠다.

이 생각 저 생각으로 덕순이는 아내의 상체를 떠받쳐주고 있다가 우연히도 맞은편 타구 옆댕이에 가 떨어져 있는 궐련 꽁댕이에 한눈이 팔린다. 그는 사방을 잠깐 살펴보고 힝하케 가서 집어다가는 곰방대에 피워 물며 제 차례를 기다렸으나 좀체로 불러주질 않는 것이다.

이렇게 하여 그들은 허무히도 두 시간을 보냈다.

한 점을 사십 분 가량 지났을 때 간호부가 다시 나와 덕순이 아내의 성명을 외는 것이다.

"네, 여깄습니다!"

덕순이는 허둥지둥 아내를 들쳐업고 진찰실로 들어갔다.

간호부 둘이 달려들어 우선 옷을 벗기고 주무를 제 아내는 놀란 토끼와 같이 조그맣게 되어 떨고 있었다. 코를 찌르는 무더운 약내에 소름이 끼치기도 하려니와 한쪽에 번쩍번쩍 늘여 놓인 기계가 더욱이 마음을 죄게 하는 것이다. 아내가 너무 병신스레 떨므로 옆에 섰는 덕순이까지도 겸연쩍지 않을 수 없었다. 아내의 한 팔을 꼭 붙들어주고, 집에서 꾸짖듯이 눈을 부릅떠,

"웨가 무섭다구 이래?"

하고는 유리판에서 기계 부딪는 젤그럭 소리에 등줄기가 다 섬뜩할 제,

"언제부터 배가 이래요?"

간호부가 뚱뚱한 의사의 말을 통변한다.

"자세히는 몰라두……."

덕순이는 이렇게 머리를 긁고는 아마 이토록 부르기는 지난 겨울부턴가 봐요, 처음에는 이게 애가 아닌가 했던 것이 그렇지도 않구요, 애라면 열 달에 날 텐데,

"열석 달이나 가는 게 어딨습니까?"

하고는 아차, 애니 뭐니 하는 건 괜히 지껄였군, 하였다. 그래 의사가 무에라고 또 입을 열 수 있기 전에 얼른 뒤미처,

"아무두 이 병이 무슨 병인지 모른다구 그래요, 난생처음 본다구요."

하고 몇 마디 더 얹었다.

덕순이는 자기네들의 팔자를 고칠 수 있고 없고가 이 순간에 달렸음을 또 한 번 깨닫고 열심히 의사의 입만 쳐다보고 있는 것이다. 마는, 금테 안경 쓴 의사는 그리 쉽사리 입을 열려 하지 않았다. 몇 번을 거듭 주물러보고, 두드려보고, 들어보고, 이러기를 얼마 한 다음 시덥지 않게 저쪽으로 가 대야에 손을 씻어 가며 간호부를 통하여 하는 말이,

"이 뱃속에 어린애가 있는데요, 나오려다 소문이 적어서 그대로 죽었어요. 이걸 그냥 둔다면 앞으로 일주일을 못 갈 것이니 불가불 수술을 해야 하겠으나 또 그 결과가 반드시 좋다고 단언할 수도 없는 것이매 배를 가르고 아이를 꺼내다 만일 사불여의하여 불행을 본다더라도 전혀 관계없다는 승낙만 있으

면 내일이라도 곧 수술을 하겠어요."

하고 나 어린 간호부는 조금도 거리낌없는 어조로 줄줄 쏟아놓다가,

"어떻게 하실 테야요?"

"글쎄요……."

덕순이는 이렇게 얼떨떨한 낯으로 다시 한 번 뒤통수를 긁지 않을 수 없었다. 간호부의 말이 무슨 소린지 다는 모른다 하더라도 속대중으로 저쯤은 알아챘던 것이니 아내의 생명이 위험하다는 그 말이 두렵기도 하려니와 겨우 아이를 뱄다는 것쯤, 연구 거리는 못 되는 병인 양 싶어 우선 낙심하고 마는 것이다. 허나 이왕 버린 노릇이매,

"그럼 먹을 것이 없는데요……."

"그건 여기서 입원시키고 먹일 것이니까 염려 마셔요."

"그런데요 저……."

하고 덕순이는 열적은 낯을 무얼로 가릴지 몰라 주볏주볏,

"월급 같은 건 안 주나요?"

"무슨 월급이오?"

"왜 여기서 병을 고치면 월급을 주는 수도 있다지요."

"제 병 고쳐주는데 무슨 월급을 준단 말이오?"

하고 맨망스리도 톡 쏘는 바람에 덕순이는 고만 얼굴이 벌게지고 말았다. 팔자를 고치려던 그 계획이 완전히 어그러졌음을

알자, 그의 주린 창자는 척 꺾이며 두꺼운 손으로 이마의 진땀이나 훑어보는 밖에 별도리가 없는 것이다. 허나 아내의 생명은 어차피 건져야 하겠기로 공손히 허리를 굽실하며,

"그럼 낼 데리고 올게 어떻게 해주십시오."

하고 되도록 빌붙어보았던 것이, 그때까지 끔찍끔찍한 소리에 얼이 빠져서 멀뚱히 누웠던 아내가 별안간 기겁을 하여 일어나 살뚱맞은 목성으로,

"나는 죽으면 죽었지 배는 안 째요!"

하고 얼굴이 노랗게 되는 데는 더 할 말이 없었다. 죽이더라도 제 원대로나 죽게 하는 것이 혹은 남편 된 사람의 도리일지도 모른다. 아내의 꼴에 하도 어이가 없어,

"죽는 거보담야 수술을 하는 게 좀 낫겠지요!"

비소를 금치 못하고 섰는 간호부와 의사가 눈에 보이지 않도록, 덕순이는 시선을 외면하여 뚱싯뚱싯 아내를 업고 나왔다. 지게 위에 올려놓은 다음 얹디어 다시 지고 일어나려니 이게 웬일일까. 아까 오던 때와는 갑절이나 무거웠다.

덕순이는 얼마 전에 희망이 가득히 차 올라가던 길을 힘 풀린 걸음으로 터덜터덜 내려오고 있었다. 보지는 않아도 지게 위에서 소리를 죽여 훌쩍훌쩍 울고 있는 아내가 눈앞에 환한 것이다. 학식이 많은 의사는 일자무식인 덕순이 내외보다는 더 많이 알 것이니 생명이 한 이레를 못 가리라던 그 말을 어째 볼

도리가 없다. 인제 남은 것은 우중충한 그 냉골에 갖다 다시 눕혀놓고 죽을 때나 기다리고 있을 따름이었다.

덕순이는 눈 위로 덮는 땀방울을 주먹으로 훔쳐가며 장차 캄캄하여 올 그 전도를 생각해 본다. 서울을 장대고 왔던 것이 벌이도 제대로 안 되고 게다가 인젠 아내까지 잃는 것이다. 지에미 붙을! 이놈의 팔자가, 하고 딱한 탄식이 목을 넘어오다 꽉 깨무는 바람에 한숨으로 터져버린다.

한나절이 되자 더위는 더한층 무서워진다.

덕순이는 통째 짓무를 듯싶은 등어리를 견디지 못하여 먼젓번에 쉬어가던 나무 그늘에 지게를 벗어놓는다. 땀을 들여가며 아내를 가만히 내려다보니 그 동안 고생만 시키고 변변히 먹이지도 못하였던 것이 갑자기 후회가 나는 것이다. 이럴 줄 알았다면 동네 집 닭이라도 훔쳐다 먹였을 걸 싶어,

"울지 말아, 그것들이 뭘 아나? 제까짓 게!"

하고 소리를 빽 지르고는,

"채미 하나 먹어볼 테야?"

"채민 싫어요."

아내는 더위에 속이 탔음인지 한길 건너 그늘에서 팔고 있는 얼음 냉수를 손으로 가리킨다. 남편이 한 푼 더 보태어 담배를 사려던 그 돈으로 얼음 냉수를 한 그릇 사다가 입에 먹여까지

주니 아내도 황송하여 한숨에 들이켠다. 한 그릇을 다 먹고 나서 하나 더 사다 주랴 물었을 때 이번에는 왜떡이 먹고 싶다 하였다. 덕순이는 이것이 마지막이라는 생각으로 나머지 돈으로 왜떡 세 개를 사다 주고는 그대로 눈물도 씻을 줄 모르고 그걸 오직오직 깨물고 있는 아내를 이윽히 바라보고 있었다. 그러나 아내가 무슨 생각을 하였는지 왜떡을 입에 문 채 훌쩍훌쩍 울며,

"저 사촌형님께 쌀 두 되 꿔다 먹은 거 부대 잊지 말구 갚우."

하고 부탁할 제 이것이 필연 아내의 유언이리라고 깨닫고는,

"그래 그건 염려 말아!"

"그러구 임자 옷은 영근 어머니더러 사정 얘길 하구 좀 빨아 달래우."

하고 이야기를 곧잘 하다가 다시 입을 일그리고 훌쩍훌쩍 우는 것이다.

덕순이는 그 유언이 너무 처량하여 눈에 눈물이 핑 돌아 가지고는 지게를 도로 지고 일어선다. 얼른 갖다 눕히고 죽이라도 한 그릇 더 얻어다 먹이는 것이 남편의 도릴 게다.

때는 중복허리의 쇠뿔도 녹이려는 뜨거운 땡볕이었다.

덕순이는 빗발같이 내려붓는 등골의 땀을 두 손으로 번갈아 훔쳐가며 끙끙 내려올 제, 아내는 지게 위에서 그칠 줄 모르는 그 수많은 유언을 차근차근 남기자, 울자, 하는 것이다.

〈1937〉